KB112499

우가호호한

우리 **가족 호주**에서 호주인처럼 **한** 달 살기

우가호호한-우리 가족 호주에서 호주인처럼 한 달 살기

발행일   2021년 3월 5일

지은이   이정헌
펴낸이   손형국
펴낸곳   (주)북랩
편집인   선일영   편집   정두철, 윤성아, 배진용, 김현아, 이예지
디자인   이현수, 한수희, 김민하, 김윤주, 허지혜   제작   박기성, 황동현, 구성우, 권태련
마케팅   김회란, 박진관
출판등록 2004. 12. 1(제2012-000051호)
주소   서울특별시 금천구 가산디지털 1로 168, 우림라이온스밸리 B동 B113~114호, C동 B101호
홈페이지   www.book.co.kr
전화번호   (02)2026-5777   팩스   (02)2026-5747

ISBN   979-11-6539-659-6 03810 (종이책)   979-11-6539-660-2 05810 (전자책)

아이와 함께 **호주 한 달 살기**, 이렇게 떠나보세요

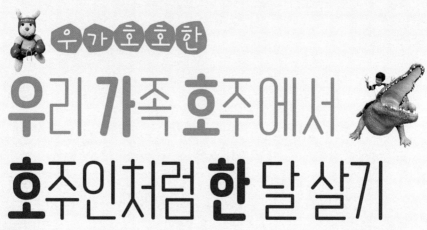

우가 호호한

우리 가족 호주에서
호주인처럼 **한** 달 살기

이정헌 지음

북랩 **book** Lab

들어가는 말

개구쟁이 아들 쥬니, 육아로 지친 엄마, 학교 일로 바쁜 아빠, 이렇게 삼총사가 호주로 떠났다. 세 번이나 떠났다. 아들이 6살이었을 때 처음 호주 땅을 밟은 이후 7살 때 내리 두 번을 더 호주로 향했다. 머릿속으로 생각만 하던 '호주에서 호주인처럼 한 달 살기'를 과감히 실행에 옮겼던 것이다.

일주일이나 열흘도 아닌 한 달 살기는 분명 일반적 여행과는 다르다. 준비물의 내용과 범위에서도 차이가 크겠지만, 무엇보다 마음가짐부터 다르다. 여행이라 하면 기대와 설렘이 크다. 하지만 한 달 살기는 걱정과 두려움이 앞선다. 지금까지 한 번도 가본 적이 없는 곳, 그것도 우리나라가 아닌, 산 너머 바다 건너 저 먼 곳에서 온 가족이 한 달이라는 기간을 살아본다니! 이는 기대보단 걱정이, 설렘보단 두려움이 앞서는 막중한 이벤트임에 분명하다. 그것도 친구나 친척 한 명 없는 완전 타지로 가는 것이기에 떠나기에 앞서 그 정신적 무게감이 엄청났다.

그래서였을까? 우리 가족 삼총사가 그야말로 무탈하게 아무 사고 없이 한국의 집으로 돌아왔을 때는, 뭔가를 해냈다는 뿌듯함이 컸다. 무엇보다도 우리 가족이 다시 밝고 건강해졌다는 정신적 충만감은 이루 말할 수 없었다. 미세 먼지 대신 깨끗한 공기를, 잿빛 하늘 대신 푸른 하늘을 마주하는 안온함과 감사함이란! 푸른 초원에서 야생마처럼 뛰어노는 덕에 가늘기만 했던 아들의 다리는 탄탄히 여물었고, 멀쩡던 얼굴은 건강하게 그을렸다. 가래와 기침을 걷어낸 아들의 맑은 목소리는 엄마와 아빠의 마음을 더욱 들뜨게 했다. 더불어 한 뼘 커진 아들의 마음과 훨씬 좋아진 엄마와 아빠의 건강 역시 한 달 살기의 큰 수확이었다.

이 책은 여행 안내서가 아니다. 여기엔 우리 가족 한 달 살기의 준비과정과 현지에서 지낸 이야기가 담겨 있다. 공기 좋은 곳에서 건강회복을 염원하며 현지인들처럼 진득하게 그곳 생활과 환경을 경험하고자 떠났던 만큼, 유명 관광지나 경승지, 이를테면 패키지 여행에서 다루는 명소로의 방문은 되도록 지양했다. 대신 동네 사람만 아는, 숨겨진 보석처럼 훌륭한 공원, 놀이터, 수영장, 수목원 등이 주된 목적지였고, 이에 더해 몇 곳의 테마파크 방문이 전부였다. 큰 돈 지출하지 않고 가족 모두가 즐겁게 하루를 보낼 수 있는 공간들이었다.

시드니, 브리즈번, 사우스포트, 서퍼스 파라다이스, 생츄어리 코브, 체스우드에서 우리 가족이 한없이 행복했던 한 달 살기 이야기를 이제 여러분과 나누고자 한다.

모쪼록 호주에서 한 달 살기를 희망하는 분들, 특히 우리 가족처럼 어린아이가 있는 분들께 작은 도움이 되었으면 하는 소망을 품어본다. 끝으로 이 책이 나오기까지 물심양면으로 힘써 주신 북랩의 본부장님과 편집부 가족 여러분께 진심으로 감사의 말씀을 전한다.

2021년 3월
이정헌

차례

들어가는 말   5

Part I   오늘도 그리운 호주! 그곳에서의 한 달 살기란?

제1장 한 달 살기, 도대체 왜 시작했는가? — 그 단 한 가지 이유

1. 그건 너 때문이야 — 미세 먼지   17

제2장 한 달 살기, 왜 호주를 선택했는가? — 그 여섯 가지 이유

1. 호주는 미세 먼지 청정지역이기 때문이다   19

2. 호주에는 엄청나게 좋은 공원과 놀이터가 있기 때문이다   21

3. 호주는 강력 범죄로부터 비교적 안전한 곳이기 때문이다   22

4. 호주는 대중교통이 편리하기 때문이다   23

5. 한국과 호주의 시차는 불과 1~2시간이기 때문이다   24

6. 호주에는 팁 문화가 없기 때문이다   25

제3장 호주 한 달 살기가 준 힐링 포인트 — 그 세 가지

1. 가족 모두의 건강해진 몸과 마음   26

2. 커다란 정신적 위안과 추억   28

3. 영어와 자연스럽게 친해진 아들   29

Part II 호주 한 달 살기, 어디서 어떻게 살아볼까?

제1장 내 동네처럼 마음 편히 살 곳 찾기

1. 좋은 공원과 놀이터를 갖춘 동네 찾기   33

2. 치안이 우수한 동네 찾기   39

제2장 내 집처럼 편안한 숙소 찾기

1. 건강한 집밥을 위한 주방이 있는 숙소 찾기   44

2. 건강한 호흡을 위해 바닥이 나무인 숙소 찾기   47

3. 건강한 환기를 위해 개폐 가능한 창문이 있는 숙소 찾기   48

제3장 우리 가족이 머물렀던 꽤 괜찮은 숙소들

1. 내 집 같은 편안함이 그대로, 레지던스의 최강자 메리톤 스윗츠   50

2. 메리톤 스윗츠, 절약하며 예약하는 꿀팁   55

3. 메리톤 스윗츠와 그 밖의 숙소들 장단점   57

Part III 아들과 신나게 뛰어놀며 행복을 얻은 그곳들

제1장 시드니에서 보낸 그리움의 시간

1. 행복한 미소가 얼굴 가득, 달링 하버에서 뛰어놀자!   63

2. 옷이 다 젖어도 좋아, 텀발롱 놀이터   67

3. 시드니의 심장, 달링 하버에서 마주친 중국 파워   72

4. 작아서 매력적인 코클 베이 와프 놀이터   75

5. '아빠, 여기 또 와요! 너무 신나요!' 파워하우스 뮤지엄   76

6. 풀 향기 가득한 녹색 휴식처, 왕립 식물원과 하이드 파크　　82

7. 시드니 오페라 하우스에 이런 놀이터가!　　87

8. 동물과 함께하는 자연 속 놀이터, 타롱가 동물원　　90

9. 거리공연으로 북적대는 서큘러 키　　93

제2장 브리즈번에서 행복을 더하다

1. 도마뱀과 놀아 볼까? 로마 스트리트 파크랜드　　96

2. 브리즈번 페스티벌과 대규모 불꽃놀이　　100

3. 인공해변과 놀이터의 만남, 사우스뱅크 파크랜드　　102

4. 여기에도 놀이터가! 브리즈번 시립식물원　　107

5. 호주 누나와 게임을, 브리즈번 시청과 킹 조지 광장　　109

6. 넘치는 활력의 센트럴 비즈니스 디스트릭트　　112

7. 브리즈번 시내의 상점 구경하기　　115

8. 무섭고도 재미있는 퀸즐랜드 경찰 박물관　　117

9. 이웃 도시 투웜에서 최고의 양고기를 만나다　　118

10. 브리즈번에서 아파트를 구경하다　　120

제3장 호주 한 달 살기의 완성, 사우스포트를 만나다

1. 살고 싶은 도시 사우스포트와 공원 가는 길　　125

2. 가족을 위한 최고의 놀이터, 브로드워터 파크랜드　　129

3. 동네 사람들과 평화로운 산책, 제임스 오베렐 파크　　137

4. 있을 건 다 있는 오스트렐리안 페어 쇼핑센터　　140

5. 위글리 송타임을 만나는 위글스 월드　　141

6. '코아랴~ 코아랴~ 아이 예쁘지' 드림월드에서 코알라와 함께　　143

7. 바닷속 세상이 여기에, 씨월드　　146

8. 마리나 미라지와 쉐라톤 그랜드 미라지 리조트　　147

제4장 넘실대는 파도의 낭만, 서퍼스 파라다이스

1. '내가 지금 운전하는 거 맞아?' 수륙양용 오리버스 선장 체험   151

2. 가끔은 이런 곳도, 타임존 오락실   153

3. '한 번 더 타고 싶어요' — 동물모형 전동차 타기   155

4. 휴식과 쇼핑의 명소, 퍼시픽 페어 쇼핑센터   156

5. 서퍼스 파라다이스에서 경찰 모터사이클에 올라타다   157

제5장 차분하고 조용한 그곳, 생츄어리 코브

1. 캥거루가 뛰어노는 인터컨티넨탈 생츄어리 코브 리조트   159

2. 너무도 평온한 동네 한 바퀴   163

제6장 나무가 속닥거리는 체스우드에서

1. 진한 피톤치드 향이 가득, 뷰챔프 공원의 해먼드 놀이터   165

2. 시민의 휴식처, 더 콘코스   168

3. 한국을 닮은 체스우드 메트로 역과 그 주변   169

Part Ⅳ 직접 먹고 느껴본 호주의 맛집

제1장 호주 외식의 장점은?

1. 노 팁 문화   173

2. 아시아 메뉴의 다양성   174

3. 엄청나게 많은 동양인 직원들   175

제2장 시드니의 맛집은?

1. 헤이마켓 호텔(Haymarket Hotel)   176

2. 페퍼 런치(Pepper Lunch)   178

3. 대장금(Dae Jang Geum)   179

4. 단지(Dangee Korean BBQ Restaurant)   179

제3장 브리즈번의 맛집은?

1. 마루(Maru)   180

제4장 서퍼스 파라다이스의 맛집은?

1. 허리케인스 그릴 & 바(Hurricane's Grill & Bar)   181

2. 바피아노(Vapiano)   182

제5장 사우스포트의 맛집은?

1. 이자카야 수미(Sumi)   183

2. 레몬그라스(Lemon Grass)   184

3. 소공동 순두부(Sogongdong Tofu House)   184

4. 모토 모토 재패니즈 키친(Motto Motto Japanese Kitchen)   185

5. 더 피쉬 샥(The Fish Shak)   185

6. 재스민 룸(Jasmin Room)   186

제6장 생츄어리 코브의 맛집은?

1. 조지스 패러곤(George's Paragon)   187

2. 드래곤 코브(Dragon Cove)   187

3. 코브 카페(Cove Cafe)   188

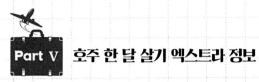

Part V 호주 한 달 살기 엑스트라 정보

1. 우리 가족 호주 한 달 살기 필수품 소개   190

2. 호주에서 영양제 구입하기   192

3. 호주에서 장난감과 생활용품 구입하기   194

4. 호주에서 학용품 구입하기   195

5. 호주에서 망고와 바나나 사 먹기   196

6. 호주에서 견과류 사 먹기   198

7. 호주에서 오렌지 주스 사 먹기   199

8. 호주에서 청정 고기 사 먹기   199

9. 호주에서 PP카드(Priority Pass) 사용하기   200

나가는 말   203

Part I

오늘도 그리운 호주!
그곳에서의 한 달 살기란?

우리 가족은 긴 고민 끝에 호주 한 달 살기를 결정했다. 그러고는 2년 동안 총 세 번에 걸쳐 호주의 몇몇 도시에서 한 달 살기를 진행했다. 그러니까 전체적으로 보면 호주 세 달 살기가 더 정확한 표현일 수 있겠다.

친척도 지인도 없는 곳에서의 한 달 살기. 그것도 한 번이 아닌 세 번씩이나 한 달 살기를 하다니! 이는 참으로 무모한 도전일 수 있고 어리석은 짓일 수도 있었다. 하지만 우리 가족에게는 그만큼 절실한 이유가 있었다. 그것이 있었기에 커다란 경제적, 심리적 부담을 떠안은 채, 호주에서의 한 달 살기를 감행했고 큰 기쁨을 얻을 수 있었다. 이제 그 구체적인 이야기가 시작된다.

제1장
한 달 살기, 도대체 왜 시작했는가?
— 그 단 한 가지 이유

1. 그건 너 때문이야 — 미세 먼지

우리 가족이 난데없이 해외에서 한 달 정도 지내볼까, 생각하게 된 것은 오로지 단 한 가지 이유 때문이었다. 다름 아닌, 미! 세! 먼! 지! 한마디로 미세 먼지 지옥에서 잠시라도 벗어나 어린 아들에게 숨 한번 제대로 쉴 수 있는 기회를 주는 게 한 달 살기의 유일한 이유였다.

기관지가 약한 아빠에서부터 엄마와 아들 모두 늘 가래와 잦은 기침으로 고생했다. 한번 외출하고 돌아오면 밤새 콜록대야만 했던 아들과 엄마. 학교 강의로 항시 입을 벙긋거리며 살아야 하는 아빠. 우리 가족 세 사람 모두 미세 먼지로 끝이 보이지 않는 터널을 걷는 것 같았다. 더욱이 야외에 나가 한참을 뛰어놀아야 할 아들이 오랜 시간을 집안에서 지내다 보니 잦은 병치레에 시달려야 했다. 엄마와 아빠가 힘든 것은 차치하고, 우선 어린 아들이 약해지는 모습을 보는 것은 더 큰 고통이고 아픔이었다. 그래서, 더는 못 참고 결단을 내렸던 것이다. 그래, 떠나자, 어디론가, 떠나자. 잠시라도 좋으니 공기만 깨끗하다면 북극이건 남극이건 어디 한번 가보자, 그렇게 마음을 굳힌 것이고 그 생각을 현실로 옮기면서 한 달 살기라는 명목으로 탈출을 시도한 것이다.

결과적으로 호주에서의 한 달 살기는 우리 가족에게 큰 보람을 안겨주었다. 한마디로 치유와 배움의 시간이었다. 한국에선 접하기 힘들었던 저 맑고 투명한 공기! 그리고 푸르디푸른 대자연과 어린이를 위한 훌륭한 시설들! 호주에서 지내면서 우리 가족은 건강의 소중함, 자연에 대한 감사함, 좋은 환경을 가꾸고 지키는 노력의 중요함을 배웠다. 더불어 새로운 환경에 대한 적응력, 다양한 인종의 사람들과 화합하는 마음도 배웠다. 이것이 우리 가족 호주 한 달 살기의 교훈이다.

제2장
한 달 살기, 왜 호주를 선택했는가?
― 그 여섯 가지 이유

1. 호주는 미세 먼지 청정지역이기 때문이다

미세 먼지를 피해 어디론가 떠나기로 결단을 내린 우리 가족. 그 다음은 미세 먼지 없는 깨끗한 곳이 이 세상 어디쯤 존재하는지 파악해야 했다. 엄마와 아빠는 동남아는 물론 미국, 캐나다, 유럽과 호주에 이르기까지 매우 광범위하게 공기 질 탐구에 돌입했다. 먼저 세계 여러 나라의 미세 먼지 농도와 공기 질을 알려주는 애플리케이션 몇 가지를 찾아냈다. 크게 도움이 된 것은 이스라엘 스타트업 기업이 만든 브리조 메터(Breezo Meter)와 월드 에어 퀄리티(World Air Quality)였다. 여기에 도시 이름을 입력하면 미세 먼지, 초미세 먼지, 이산화탄소 농도가 실시간으로 나타난다.

또한 나라별 대기 질 관리 사이트를 찾아내, 다각도로 정보를 축

적해 나갔다. 예를 들어 호주는 https://environments.des.ql.gov.au/air(브리즈번, 골드 코스트 등 퀸즐랜드 주)와 https://environment.nsw.gov.au/aqms(시드니 등 뉴 사우스웨일즈 주)를 통해서 확인할 수 있었다.

이렇게 우리 가족은 여러 나라, 여러 도시를 꾸준히 모니터링했다. 거의 일 년에 가까운 매우 힘들고 지루한 과정이었다. 하지만, 이를 통해 각 나라별 공기 질을 한눈에 보듯 훤히 알 수 있게 되었다. 그 결과 가장 신뢰할 만한 공기 질과 안정된 패턴을 보여준 곳이 호주의 도시들이었다. 시드니, 골드 코스트, 브리즈번은 거의 매일 균일하게 낮은 미세 먼지 농도를 자랑했다. 처음 알았다. 호주가 이토록 청정한 나라인 줄! 호주산 수입 소고기나 유제품 광고에 '청정 호주'를 강조하던 것이 과장이 아니구나 싶었다.

낮에 측정한 사우스포트의 미세 먼지 수치.

밤에 측정한 사우스포트의 미세 먼지 수치. 낮이건 밤이건 한국에선 도저히 꿈도 꾸지 못할 엄청나게 낮은 수치다.

2. 호주에는 엄청나게 좋은 공원과 놀이터가 있기 때문이다

호주 도시 곳곳에 존재하는 훌륭한 공원과 놀이터는 청정한 대기 질과 더불어 호주의 강력한 매력 요인이자 차별화된 특징이다. 아이의 행복지수를 높여줄 대단한 콘텐츠다. 적어도 우리 가족에게는 그랬다.

시드니의 하이드 파크와 텀발롱 놀이터, 브리즈번의 사우스뱅크 파크랜드(이는 서울시가 발표한 한강변 물놀이 공원의 모델이기도 하다)와 로마 스트리트 파크랜드, 사우스포트의 브로드워터 파크랜드는 과연 도시 안에 어떻게 이런 공간을 만들어 두었을까, 정말 놀랍고 대단한데, 하며 매번 감동을 받을 만큼 거대한 '행복공간'이었다. 그 규모와 구성의 장대함은 실제 경험해보지 않으면 느낄 수 없다. 어지간한 테마파크 부럽지 않은 시설이다. 그것도 사람들이 접근하기 수월하도록 시내 중심부에 자리해 있다.

미래의 새싹인 아이들을 위해, 그리고 가족들을 위해 도시의 요지를 할애한 호주인의 깊은 배려심. 우리나라였다면 저런 땅에 아파트가 들어서거나 상업용 건물로 가득 차 있었을 텐데, 호주는 그런 공간을 아이들에게 양보해 두고 있었다. 정말 부럽고 감사하게도 말이다. 호주의 도시계획가와 행정가들에게 경의를 표하는 부분이다.

우리 가족은 되도록 숙소 주변의 공원과 놀이터를 찾아다녔다. 아니 거의 매일 출퇴근하다시피 다녔다는 것이 옳다. 유명 관광지 대신, 한국에서는 못했던 산책을 겸해 깨끗한 공기를 마시고 햇살을 받으면서 공원과 놀이터를 오갔고, 그 안에서 신명 나는 시간을 보냈다.

3. 호주는 강력 범죄로부터 비교적 안전한 곳이기 때문이다

해외 한 달 살기는 생활의 터전을 떠나 생소한 타지에서 생활하는 것이기에 치안은 매우 중요한 사안이다. 특히 어린 아들이 있는 만큼, 안전보다 우선시되는 것은 없다. 사실 국내 언론에서 호주를 다루는 빈도가 낮아서인지 호주의 사회상은 잘 알려져 있지 않다. 때문에 호주가 미세 먼지 청정지역이라고 해서 선뜻 목적지로 결정할 수 없었다. 우리 가족은 호주의 분위기를 알아보기 위해 다각적인 노력을 기울였다. 먼저 호주의 뉴스 애플리케이션을 다운받아 장기간에 걸쳐 현지의 분위기를 모니터링했다. 또한 구글링을 통해 과거에 발생한 사건들의 특징을 살펴보았다. 그 결과 몇몇 큰 사건들이 있기는 했으나, '호주는 대체로 매우 안전한 곳'이라는 결론을 얻을 수 있었다. 여느 곳과 마찬가지로, 늦은 밤과 이른 오전 시간을 피해 주의를 기울인다면 크게 문제시될 것이 없어 보였다. 특히 총기 사건이나 테러 같은 범죄는 매우 미미하기에 자신감을 갖고 호주를 선택할 수 있었다.

4. 호주는 대중교통이 편리하기 때문이다

다른 도시는 모르겠으나 우리 가족이 머물렀던 시드니, 브리즈
번, 체스우드, 사우스포트의 경우, 대중교통 수단 이용이 꽤 편리
했다. 게다가 언제든 부르면 오는 우버(Uber)도 잘 정착되어 있어
렌터카 없이 다닐 수 있어 좋았다. 이는 비용 절감과 안전 차원에
서 큰 장점이었다. 우리나라와 달리 호주는 자동차 운전석이 오른
쪽에 있고 좌우 진행 방향이 반대이기에 이방인이 운전하기에 수
월치 않다. 그래서 렌터카는 포기하고 대중교통 수단을 이용하기
로 결정했고, 결과적으로 매우 좋은 선택이었다.

우리 가족은 시드니와 체스우드를 오갈 땐 메트로를, 사우스포
트에서의 이동은 경전철(G:link)을, 브리즈번에선 거의 우버를 이용
했다. 그러는 동안 우리 가족은 단 한 번도 불편함을 겪지 않았다.
오히려 대중교통을 즐겼다. 메트로 안에서, 경전철 안에서 현지인
들의 모습을 구경하는 것도 재미있었고 창밖의 멋진 풍경을 보는
일도 좋았다. 아들 역시 매우 좋아하는 모습이었다. 그리고 우버
기사 아저씨들과 이런저런 이야기를 나누며 현지 정보를 얻을 수
있었다.

서퍼스 파라다이스 캐빌 애비뉴 역에서 촬영한 경전철 G:link.

5. 한국과 호주의 시차는 불과 1~2시간이기 때문이다

　해외여행에 있어 시차 극복 또는 적응은 큰 이슈가 된다. 5~6시간 이상 시차가 벌어지면 현지에 도착해서 그리고 귀국해서 새로운 시간대에 적응하느라 불편을 겪어야 하기 때문이다. 하지만 시드니는 1시간, 브리즈번은 2시간 시차에 불과해 적응에 거의 무리가 없다. 여독에 대한 부담 없이 현지에 도착하자마자 활동할 수 있음은 반가운 일이다. 이처럼 짧은 시차는 한 달 살기 목적지로서 호주의 매력성을 더욱 높이는 요인이라 할 수 있다. 그 덕에 늘 손자가 그리운 한국의 할아버지, 할머니와 밤낮의 시차 없이 통화가 가능한 점도 큰 매력이었다.

6. 호주에는 팁 문화가 없기 때문이다

팁! 이는 참으로 골치 아픈 문제다. 어느 상황에서 주어야 하는 지, 준다면 얼마를 주어야 하는지 늘 고민거리고 가끔 잔돈이 없 거나 부족해 애매한 상황에 놓일 때가 있기 때문이다. 팁이 거스 를 수 없는 문화인 북미 국가에 비해 호주는 아주 특별한 경우를 제외하곤, 팁을 주지 않아도 된다. 한마디로 팁 문화가 일상화된 곳이 아니다. 이는 한 달 살기 이방인에게 희소식이 아닐 수 없다. 한푼 두푼 아끼면서 지내기도 버거운데 번번이 팁까지 추가해야 한다면 부담이 가중되니 말이다. 하지만 호주는 팁으로부터 자유 로우니 마음이 편하다. 이 역시 호주 한 달 살기의 매력 요소 중 하나다.

이외에 한국과 호주 사이의 비행시간이 시드니 10시간, 브리즈번 9시간 정도여서 아이와 함께 다니기에 버틸(?) 만한 시간인 점도 매 력이었다. 그리고 거리마다 즐비한 아시안 음식점과 수많은 동양 인은 호주를 보다 편하게 느끼게 해준 요소였음을 밝혀 둔다.

제3장
호주 한 달 살기가 준 힐링 포인트
- 그 세 가지

1. 가족 모두의 건강해진 몸과 마음

호주에서의 한 달 살기, 그 최고의 가치와 의미는 건강해진 아들의 몸과 마음이다! 그 어느 것도 이를 능가할 수 없다. 어릴 때부터 풀과 나무를 사랑하고 숲에서 노는 걸 좋아하던 아들은 미세먼지가 심해지면서 집에서 지내는 날이 많아졌다. 그러다 보니 몸은 하루가 다르게 약해지고 마음까지 여려졌다. 게다가 크게 무리하지 않아도 늘 기침과 가래, 각종 염증 질환에 시달리길 여러 차례 반복했다. 자주 먹어야 했던 항생제 때문인지 아들은 묽은 변을 보기 일쑤였고, 어느새 짜증 심한 아이로 무섭게(?) 변해 있었다.

그러던 아들이 호주의 자연에서 매일 몇 시간씩 뛰어놀기 시작하면서 차츰 예전의 건강하고 정감 넘치는 꼬마로 되돌아갔다. 탄탄하게 두터워진 허벅지, 안으면 양손에 튼실하게 느껴지는 단단한 몸통! 분명 한국에서의 그것과는 완전히 달랐다. 전신을 쓰도록 고안된 놀이기구를 이리 밀고 저리 당기며 노는 동안 자연스레 온몸이 단련된 것 같다. 심하게 해대던 기침은 놀랍게도 완전히 사라졌다.

단단해진 몸과 함께 아들의 마음도 건강해졌다. 신경질적이고 예민했던 아들은 활달한 신체활동에 몰입하면서 스스로 여유와 평온을 되찾았다. 게다가 다양한 인종, 다양한 연령대의 아이들과 신나게 뛰어노는 동안 타인을 배려하는 마음까지 생겼다. 예전 같으면 자기가 먼저 놀이기구에 오르겠다고 떼를 썼을 법한 순간에도, 제법 어른스럽게 양보하거나 다른 아이들이 위험해 보일 때는 나서서 도와주곤 했다. 그리고 아이들과 협동심을 발휘해야 할 때는 함께 어울려 멋지게 힘을 모으기도 했다. 좋은 환경에서의 신체활동 그리고 수많은 아이와 어울린 상호작용이 아들의 마음을 넓히는 데 큰 도움을 준 것 같다.

더불어 아들은 엄마, 아빠, 우리 가족 모두의 안온까지 챙기는 의젓함까지 갖추어 갔다. 아들 스스로 하루 일정을 챙기고 준비물에 빠진 것이 없는지 조언을 하고, 길을 걸을 때면, 엄마, 아빠는 위험하니 자기가 차도 쪽 인도에서 걷겠다고 나서곤 했다. 또한 마트에서 장을 볼 때는 무거운 카트는 자신이 끌겠다고 하는 등 한국에서와는 다른 모습을 보여주었다. 자연과 가까이한 한 달 살기가 아들에게 큰 자극이 된 것 같다. 맑고 청명한 공기, 푸르디푸른 하늘, 몽실몽실 피어오른 새하얀 구름, 코발트 빛 장쾌한 바다, 그리고 너무도 편안한 초록 잔디밭! 이런 환경에서 시간을 보내는 동안 아들은 정말 몸과 마음이 달라졌던 것이다.

한 뼘 쑥 자란 아들의 몸과 마음에 엄마, 아빠의 마음은 더없이 행복했다. 이런 아들을 보면서 그리고 함께 뛰고 달리고 놀면서 엄마, 아빠의 건강도 덩달아 좋아졌다.

2. 커다란 정신적 위안과 추억

세 차례에 걸친 호주 한 달 살기는 한마디로 큰 위안이다. 호주에서 돌아와 다시 한국의 미세 먼지로 고통받아도, 호주에서의 그때를 떠올리며 마음의 평온을 얻는다. 시드니의 공원, 브리즈번의 강변, 그리고 사우스포트의 바닷가에서 만끽했던 맑은 공기와 푸른 하늘! 이를 배경으로 신나게 뛰어놀던 아들의 모습을 상기하면 현재를 극복할 수 있다. 지나간 추억이 현재의 어려움을 이겨내는 이 놀라운 경험은 한 달 살기가 아니었다면 누리지 못했을 것이다. 우리 가족에겐 그 어떤 일을 겪어도 셋이 똘똘 뭉쳐 슬기롭고 지혜롭게 극복할 수 있다는 자신감이 생겼다. 한마디로 한 달 살기는 우리 가족의 마음에 탄탄한 근육을 만들어 주었다.

3. 영어와 자연스럽게 친해진 아들

아들이 너무도 자연스럽게 영어와 친해진 것은 호주 한 달 살기의 또 다른 선물이다. 어릴 때는 그냥 놀게 해야지 하는 방만한 교육관 탓에 영어 유치원이나 학원에 보낼 생각은 꿈도 못 꿔 본 엄마와 아빠다. 하지만 미세 먼지로 인해 떠밀리듯 선택한 한 달 살기는 아들을 영어 환경에 자연스레 스며들게 한 힘이 되었다. 공원과 놀이터에서 만나 같이 놀게 되는 현지 아이들. 그들과 아들의 놀라운 소통! 서로의 생각을 어떻게든 파악하고 행동을 함께 하는 경이로움! 이렇게 호주의 아이들과 놀면서 영어환경에 꾸준히 노출된 아들은 간단하게나마 스스로 단어와 문장을 익혀 가기 시작했다. 아들은 언젠가부턴 영어를 들으면 기분이 좋아진다고 했다. 놀면서 접한 영어가 아들에게 편하게 다가간 것 같다.

Part Ⅱ

호주 한 달 살기,
어디서 어떻게 살아볼까?

'우리 가족, 호주에서 호주인처럼 한 달 살기'를 마음먹은 이후, 다음 단계는 과연 어디에서 어떻게 지낼 것인가를 구체적으로 해결해야 했다. 다시 말하면, 어느 도시, 어느 지역, 어느 숙소에 우리 가족이 둥지를 틀 것인가를 결정해야 했는데, 이때의 판단 근거로 다음과 같은 조건들을 선정했다.

A. 도시·지역: ① 아이의 행복지수를 높일 수 있는 좋은 공원과 놀이터가 있는 곳 ② 가족 안전지수를 위한 치안이 우수한 곳

B. 숙소: ① 주방과 식탁이 완비된 곳 ② 실내 바닥이 카펫이 아닌 나무로 된 곳 ③ 개폐 가능한 창문·발코니가 설치된 곳

이 다섯 가지 조건은 모두가 균등하게 중요성을 지니고 있다. 몸만 호주로 옮겼을 뿐, 한 달 살기는 해외에서 일상을 이어가는 것이니 하나하나의 조건이 모두 중요했다. 이틀 지냈던 생츄어리 코브와 귀국을 위한 공항 호텔 등 몇 곳을 제외하곤 한 달 살기 숙소는 이 조건들을 모두 만족해야 했다.

우리 가족은 호주에 지인도 친척도 없던 터라 현장 정보를 찾기 위해 인터넷 검색에 의존해야 했다. 전지전능한 구글과 구글맵을 활용해 치열한 검색을 시작했다. 각각의 기준 모두를 만족하는 최상의 공통분모를 뽑기란 쉽지 않았다. 인근에 좋은 공원과 놀이터가 있고 주방과 식탁을 완비한 숙소여도 실내가 카펫이거나, 역으로 숙소가 만족스러워도 주변에 아들이 놀 만한 시설이 부족한 경우가 있었기 때문이다. 다행히 호주에는 '홈 스위트 홈'을 표방한 레지던스형 숙소가 다양하게 존재하고, 아이들을 위한 기반 시설이 아주 잘 갖춰져 있어서, 꾸준히 검색을 이어가다 보니 어느 순간 좋은 곳들이 눈에 확 들어왔다. 그럼 우리 가족이 행한 검색 과정을 조건별로 소개한다.

제1장
내 동네처럼 마음 편히 살 곳 찾기

1. 좋은 공원과 놀이터를 갖춘 동네 찾기

공원과 놀이터, 이는 우리 가족 한 달 살기 거처 결정의 핵심 조건이다. 아들에게 깨끗한 자연 속에서 신나게 뛰어놀 기회를 주려는 게 주된 목적이었던 만큼, 시설 좋은 공원과 놀이터를 찾는 것은 최우선 과제였다.

먼저 도시 선정이 필요했다. 사실 우리 가족은 호주 하면 반사적으로 떠오르는 몇몇 도시들의 유명세에서 벗어날 수 없었다. 가장 먼저 둥지를 틀고 싶었던 곳은, 언제 들어도 세련된 느낌의 시드니(Sydney)였다. 시드니라는 이름이 좋았고 오페라 하우스로 대변되는 멋진 이미지에 자동적으로 이끌렸다. 그래서 첫 번째 한 달 살기는 시드니에서 시작하기로 결정했고, 이 도시 어딘가에 아들이

신나게 놀 만한 멋진 놀이터가 있겠지 하는 막연한 기대감으로 검
색에 들어갔다.

　그럼 어떻게 공원과 놀이터를 찾았는지 그 과정을 되짚어 보자.
시작은 늘 구글링이었다. 어느 도시를 막론하곤 검색창에 도시이
름+놀이터/공원/바닥분수+아이들의 검색어 조합으로 입력했다.
시드니의 경우, Sydney playground kids 또는 Sydney park chil-
dren 식으로 입력하면 유익한 정보들이 나온다. 아래는 시드니 놀
이터(Sydney playground kid)의 결과이다.

출처: 구글 홈페이지(https://www.google.com/)

이를 보면 맨 위에 시드니 파크 플레이그라운드(Sydeny Park Playground)라는 놀이터가 나오는데 자세히 보면 시드니가 아닌 알렉산드리아라는 도시에 있는 데다 리뷰는 26개에 불과하다. 시드니도 아니면서 썩 인기 있는 곳이 아님을 짐작할 수 있다. 그래서 탈락. 하지만 그 밑에 608개의 리뷰가 달린 달링 쿼터(Darling Quarter)가 보인다. 더 자세히 알기 위해 클릭하면 구체적인 방문 후기(review)와 실제 방문자들이 올린 사진들이 나온다. 이 사진들을 하나씩 클릭해 가면서 시설의 규모와 내용을 파악해야 한다. 그 결과 달링 쿼터는 물을 테마로 한 멋진 놀이터임을 알 수 있었다. 우리 가족이 원하던 그곳일 것 같은 기대가 생겼다. 하지만, 아직 이른 판단은 금물! 최종 결정을 위해 힘들지만 후기까지 찬찬히 읽어보아야 한다. 그래야 보다 정확한 '감'을 잡을 수 있다. 시간을 들여 수십 개의 리뷰를 읽어보니, 분명 아들이 좋아할 놀이터임에 틀림없다는 확신이 섰다.

그런데 달링 쿼터 밑에는 1,916개의 후기가 남겨진 블락스랜드 리버사이드 파크(Blaxland Riverside Park), 2,000개가 넘는 후기를 지닌 바이센테니얼 파크(Bicentennial Park)가 있다. 어마어마한 숫자의 후기들로 미루어 매우 인기 있는 곳임을 알 수 있다. 이들을 클릭하면, 정말 한국에서 보던 것과는 차원이 다른 엄청난 놀이터들이 등장한다. 두 곳 모두 시드니 올림픽 공원에 위치해 있다.

우리 가족은 이 세 군데 놀이터를 물망에 두고 과연 이 놀이터들 근처에 우리 가족이 원하는 숙소가 있는지 찾아보았다. 하지만, 주방, 식탁, 개폐식 창문, 나무 바닥이 갖춰진 숙소는 오직 달링 쿼터 인근에서만 찾을 수 있었다. 그럼, 결론은? 당연히 달링 쿼터다. 그래서 우리 가족은 이곳을 목적지로 정하고 여기까지 걸어서 다닐 수 있는 지점에 숙소를 찾아내어 한 달 살기를 시작할 수 있었다.

첫 한 달 살기 때는 시드니에만 머물기엔 뭔가 부족한 느낌이 있었다. 아들에게 드넓은 바다와 파도를 보여주고 싶었다. 한군데 정주하지 못하고 좀 욕심을 부린 것이다. 호주 하면 떠오르는 골드 코스트(Gold Coast)에 대해 검색했다. 서퍼스 파라다이스(Surfers Paradise)가 1순위로 부각되었다. 하지만, 너무 유흥적인 곳이어서 포기하고 주변의 다른 도시를 찾기로 했다.

구글 검색창에 골드 코스트 파크 키즈(Gold Coast park kids)를 입력했다. 결과창에서 커서를 이리저리 옮기고 확대/축소를 반복하며 찾아보니 지도 북쪽에 사우스포트(Southport)라는 도시가 눈에 들어왔다. 이 도시 오른쪽으로 바닷가를 낀 길쭉한 녹색공간이 한없이 이어져 있어서 관심이 끌렸던 것이다. 족히 2㎞는 될 법한 수풀공간이었다. 앗! 이게 뭐지! 하는 놀라움에 지도를 위성사진으로 전환하니 바운시 필로우(Bouncy Pillow), 아쿠아 파크(Aqua

Park) 등 낯선 시설물들이 보였다. 생각건대, 아쿠아 파크는 해상 공원쯤 되겠고 바운시 필로우는 '통통 튀는 베개'라 번역되니 무언가 노는 것과 관련이 있는 것 같았다. 흥분을 진정시키고 커서를 아쿠아 파크에 두고 클릭했다. 확대 사진을 살펴보았다. 오 마이 갓! 바다 위에 다양한 놀이기구들이 즐비하게 놓여 있는 모습이었다. 아니 이런 게 있다니! 한국에서는 보지 못했던 대규모 놀이기구들이 육지가 아닌, 그냥 바닷물 위에 떠 있는 것이었다.

자세히 살펴본 결과, 이 아쿠아 파크는 유료 해상 놀이터이고 그 일대가 다양한 시설을 갖춘 거대한 브로드워터 파크랜드(Broad-water Parklands)임을 알 수 있었다. 단순한 공원이 아니라 엄청난 부지에 여러 시설들이 복합적으로 모여 있어서 파크랜드(park-lands)라 부르는 것 같다. 아쿠아 파크는 시작에 불과하고 여기에 집라인, 레일바이크, 물놀이장, 올림픽 규격 수영장, 야외 행사장, 카페테리아, 바비큐 시설, 그리고 유·소아 전용 풀이 너른 잔디밭 위에 그야말로 '쫘악' 펼쳐져 있는, 그 어디서도 만나기 힘든 출중한 공원이었다. 아들과 엄마에게 사진을 보여주었더니, 다들 환호했다. 아들은 여기 꼭 가고 싶다며 신나했다. 이제 근처에서 제대로 된 숙소만 찾으면 끝이었다. 아주 다행스럽게도 파크랜드 건너편에 우리 가족의 조건에 맞는 깔끔한 숙소 메리톤 스윗츠가 거짓말같이 '떡하니' 서 있었다. 이후 사우스포트와 메리톤은 세 번에 걸친 호주 한 달 살기 모두 우리 가족의 거처가 되어 주었다.

브로드워터 파크랜드 초입에서 바라본 메리톤 사우스포트.

세 번째 한 달 살기의 주된 터전은 브리즈번(Brisbane)이었다. 그
간 호주에 대한 경험이 축적되면서 아, 여기에도 뭔가가 있겠지 했
는데, 구글링과 구글맵을 통해 살펴보니 정말 멋지기 그지없는 놀
이터가 우리 가족을 기다리고 있었다. 다름 아닌 사우스뱅크 파크
랜드(Southbank Parklands)가 그것이었다. 이곳은 무엇보다도 바다
를 그대로 옮긴 듯한 인공 해변인 스트리츠 비치(Streets Beach)가
자랑이다. 여기에 아이들의 천국인 바닥분수, 수영장, 개울, 놀이터
등 다채로운 시설들이 함께해 있다. 또한 주변에 세련된 카페, 레
스토랑들이 다수 포진해 있어 가족들이 놀기에 완벽한 곳이었다.
서울시에서 이 사우스뱅크를 모델로 한강변 개발 계획을 내놓았다
니, 기대가 크다.

▶ 구글에서 공원과 놀이터 방문자 후기 읽어보기

구글에서 공원과 놀이터를 검색할 때, 후기를 최소 20건 정도는 꼼꼼히 읽어보고 점수를 확인해 볼 필요가 있다. 마치 쇼핑을 할 때 소비자 후기를 읽으면서 관심 있는 상품에 대해 알아보듯 기방문자의 의견을 통해 현지 분위기를 파악하는 것이 필수적이다. 그래야 방문할 만한 곳인지 아닌지 확실히 알 수 있기 때문이다. 우리 가족은 후기 점수 5.0 만점에서 4.0을 기준으로 다음 단계, 즉 후기를 더 읽어보거나 사진을 확인하는 과정으로 나아갈지 결정했다. 4.0 이하인 곳은 무조건 탈락시켰다. 4.0이 넘는 좋은 곳이 많을 텐데 굳이 낮은 점수를 받은 곳을 알아보느라 시간을 낭비할 필요가 없어서였다.

후기 정독 시 주요 체크사항은 범죄 취약성, 다양한 놀이기구 구비 여부, 시설 수준과 유지 보수, 안전사고, 화장실 유무 및 청결도, 바닥분수 유무, 대중교통 접근성, 스낵코너 유무, 개 놀이터(dog park) 존재 여부(※ off leash dog park는 개 목줄을 풀어놓고 놀게 하는 공원. 이런 공원이 아이들 놀이터 근처에 울타리 없이 이어져 있는 곳은 피한다) 등이다. 후기에서 단 한 줄이라도 범죄 및 불온한 분위기에 대한 의견이 있는 곳은 목적지에서 탈락시켰다.

2. 치안이 우수한 동네 찾기

먼저 공원과 놀이터를 주제로 도시들의 면모를 확인한 우리 가족은 이어 도시별 치안에 대해 알아보아야 했다. 좋은 공원과 놀이터가 있어도 치안이 뒷받침되어야 이방인인 우리 가족이 마음

편히 다닐 수 있기에 그러했다.

　도시 치안을 알아보기 위해서 구글 검색창에 도시명(Sydney)+안전한(safe)/위험한(dangerous)/범죄(crime)+지역(areas)/근교(suburbs)/이웃(neighbors) 등의 검색어로 자료를 찾아갔다. 각양각색의 정보들이 나타났다. 그중 시드니와 주변 도시들에 대한 범죄 관련 정보는 뉴 사우스 웨일즈 주 경찰청 홈페이지인 https://www.police.nsw.gov.au로 접속하면 상세히 알 수 있다. 페이지 하단의 범죄통계연구국(Bureau of Crime Statistics and Research) 배너를 클릭하면 범죄현황지도(Crime Mapping Tool)가 뜨고 이 지도를 기반으로 시드니를 비롯한 여러 도시의 범죄율을 파악할 수 있다. 주내 도시별로 상대적 범죄율을 여러 가지 색상으로 보여주는데, 붉은색은 높음, 옅은 노란색은 낮음을 의미한다. 이를 보면 시드니는 완전 붉은색이다. 많은 사람이 몰리는 대도시의 특성이 반영된 결과일 것이다. 살짝 후회(?)가 들기도 했지만, 좀 더 알아보기로 했다.

　추가로 도움을 받은 것은 numbeo.com이다. 이는 전 세계 주요 국가별 유명 도시에 대한 일반인들의 범죄 인식을 수치로 보여주는 포럼형 웹사이트다. 여기서 시드니는 매우 안전한 도시라는 평판을 얻고 있었다. 특히 100을 기준으로, 범죄율(level of crime)은 38.15로 낮음, 낮에 혼자 다닐 수 있는 안전성(safety walking alone during daylight)은 79.6으로 높음, 밤에 혼자 다닐 수 있는 안전성

(safety walking alone during night)은 54.71로 중간 단계를 보여주어 안심하고 시드니로 최종 결정할 수 있었다. 결국 시드니에서도 철저하게 상식적 행동에 의존한다면 문제될 바 없을 것이라 확신한 것이다. 곧, 일몰 후 늦은 시간대와 이른 오전에는 다니지 말 것! 되도록 사람이 많은 곳으로 다닐 것! 이상 행동을 보이는 사람은 피할 것! 우리 가족은 이 세 가지 행동강령을 명심하고 움직였다. 그 덕분인지 우리 가족은 시드니 최중심부 센트럴 비즈니스 디스트릭트(CBD; central business district)의 숙소에서 이곳저곳을 오가며 무탈하게 지낼 수 있었다.

두 번째 한 달 살기 도시인 체스우드(Chatswood)를 발견한 건 100% 치열한 검색의 결과였고 성과였다. 시드니 숙소에서는 주변 식당 냄새와 소음(특히 카페의 음악 소리)에 좀 질렸던 탓에 이번에는 조용한 근교로 가보고 싶었다. 아들이 좋아하는 달링 하버에는 꼭 다시 가야 했기에 접근성이 좋은 인근 도시(suburbs)를 찾아보았다. 이때 NSW 범죄통계연구국의 범죄 현황지도가 큰 도움이 되었다. 지도에서 근교의 도시들을 살펴보니, 시드니 북쪽 몇몇 도시들이 상대적으로 낮은 범죄율을 보였다. 이들을 물망에 두고 도시별로 숙소와 놀이터에 대해 알아보았다. 그 결과, 체스우드라는 곳에 우리 가족이 원하는 숙소도 있었고 도보로 다닐 수 있는 좋은 공원과 놀이터가 있었다. 여러모로 가장 합당한 도시였다. 체스우드에 대해 더 알고 싶어 찾아낸 것이 homely.com.au이다. 이 역시 포럼형 사이트로 호주 내 중소 도시를 포함한 여러 도시에 대한 사람들의 의견을 볼 수 있다. 체스우드는 상당히 긍정적인 평가를 받고 있었다. 특히 쇼핑이 강하고 먹을거리가 풍부한 곳으로 시드니까지 교통이 편리하다는 의견이 강세였다. 또한 commandex.com.au에는 시드니 근교의 치안 우수 도시들이 정리되어 있는데, 여기에 체스우드가 포함되어 있어 자신감을 갖고 선택할 수 있었다. 지내고 보니 곳곳에 영어와 한국어가 병기된 상점 간판이 자주 눈에 띌 정도로 한인들이 많이 사는 조용하고 안정적인 타운이었다. 그리고 시드니까지의 교통도 메트로로 편도 20분 거리여서 오가는 데 불편함이 없었다.

브리즈번의 경우도, 구글에서 도시명+안전+장소의 결합으로 검색했다. 여러 가지 자료 중 브리즈번이 속한 퀸즐랜드(Queensland) 주 경찰청의 치안 현황 사이트가 유용했다. mypolice.qld.gov.au가 그것으로 페이지 상단에 북부(northern), 중부(central), 브리즈번(Brisbane), 남동(south eastern), 남부(southern)로 구분된 배너들이 있다. 여기서 해당 도시별 배너를 클릭하면 각 소속 도시들의 치안에 대한 글들이 있고 그 하단 부분에 온라인 범죄지도(online crime map) 링크가 걸려 있다. 이를 클릭해서 들어가면 범죄가 발생했던 구역이 표시되며 더불어 구역별 누적 범죄 횟수도 함께 제공된다. 이 지도는 도시 내 어디에 범죄가 집중하는지 경향성을 보여준다는 점에서 매우 쓸모 있었다. 한마디로 범죄 취약지구를 알 수 있으므로 안전한 동선을 구상하는 데 도움이 되었다. 이를 통해 브리즈번에서 주의를 기울여야 할 장소에 대해 숙지할 수 있었다.

또한 numbeo.com을 통해 브리즈번의 치안에 대해 더 상세히 알아보았다(사우스포트는 체스우드와 더불어 여기엔 나와 있지 않다. numbeo.com은 대형 도시 중심이다). 시드니보다 더 긍정적인 평가가 나왔다. 100을 기준으로 전체적인 범죄율(leve of crime)은 33.81로 낮음, 낮에 혼자 다닐 수 있는 안전성(safety walking alone during daylight)은 84.58로 매우 높음, 밤에 혼자 다닐 수 있는 안전성(safety walking alone during night)은 54.00로 중간 단계를 보였다. 역시 브리즈번도 안전성 면에서는 문제가 없고 시드니에서처럼 철저한 행동강령을 지킨다면 아무 문제 없으리란 믿음으로 선택했고 행복한 시간을 보낼 수 있었다.

브리즈번과 더불어 퀸즐랜드 주의 도시인 사우스포트에 대해서도 주 경찰청의 온라인 범죄 지도가 유용했다. 이를 보면 대형 쇼핑몰 주변 술집과 레스토랑 근처에서 다수의 사건이 밀집해 있음을 알 수 있다. 고로 이 지역들을 지날 때는 주의를 기울였다. 좀더 현실적인 현지인들의 의견을 알고자 앞서 소개한 homely.com. au를 찾아보았다. 현지인들은 사우스포트를 안전하고 친절한(safe and friendly) 도시이며 공원과 레크리에이션 시설이 좋은 곳으로 입을 모으고 있었다.

제2장
내 집처럼 편안한 숙소 찾기

1. 건강한 집밥을 위한 주방이 있는 숙소 찾기

아들과 함께 하는 한 달 살기에 있어 주방은 최우선 조건이다. 일 년 열두 달 중 한 달 남짓을 타지에서 보내는 만큼, 기본적으로 주방이 완비되어 있어야 한다. 아들이 엄마의 사랑과 정성이 담긴 집밥을 먹을 수 있어야 안심이기 때문이다.

그럼 주방이 딸린 숙소는 어떻게 찾을까? 사실 쉽지 않은 듯하면서도 의외로 용이하게 찾을 수 있다. 가장 쉬운 길은 에어비엔비(Airbnb)다. 주로 '개인실'과 '집전체'로 구분해서 숙소를 소개하는데, '집전체'일 경우 대부분 주방을 갖추고 있다. 이에 더해 '집전체'엔 마당(yard) 혹은 정원(garden)까지 딸린 경우도 많아 매력적이었다. 실제 검색했을 때, 너무도 멋진 집들이 많았다. 정원과 풀장이 있는 집, 우아한 인테리어로 마음을 사로잡는 집 등등. 하지만 우리 가족은 오랜 고민 끝에 에어비엔비는 제외했다. 종종 전해지는 불미스러운 소식에 이용하지 않기로 마음을 굳혔다.

에어비엔비를 포기하고 나니, 다시 구글에 의존해야 했다. 도시명+호텔+주방의 조합(예: sydney hotel kitchen)으로 검색을 시작했다. 이렇게 나타난 숙소의 특징은 크게 두 가지였다. 하나는 호텔 객실에 간단한 주방시설이 더해진 경우고, 다른 하나는 주방시설이 완비된 레지던스형 서비스 아파트(serviced apartments)였다. 전자는 소형 냉장고와 전자레인지만이 갖춰져 있는 간이 주방(kitchenette)이 주를 이루고, 후자는 fully equipped kitchen이라 하여 식탁, 중대형 냉장고, 스토브탑(전기 혹은 가스레인지), 싱크대, 식기류, 세제와 행주, 냄비와 프라이팬 등 조리도구 일체는 물론이고 오븐, 식기세척기, 세탁기와 건조기까지 구비되어 있다. 또한 소파가 놓인 독립적 거실공간과 발코니가 있는 경우도 있다. 특히 발코니가 있다는 것은 열리는 큰 문이 있음을 의미하므로 환기에는 최고 조건이다. 서비스(serviced)되는 부분은 타월과 침구류 커버 교체, 화장실 비품제공 및 정기적 객실 청소 등이다. 그리고 공용 공간으로서 실내외 풀장, 바비큐장, 피트니스 센터, 놀이터 등이 있다. 하지만 호텔이 아닌 만큼, 프런트 도어맨, 주차대행 서비스, 레스토랑 등은 대부분 제외되어 있다.

메리톤 사우스포트의 매우 편리한 주방. 필요한 건 다 있는 수준이다.

메리톤의 비품 목록. 프런트에 요청하면 가져다준다.

　여기서 주의를 기울여야 할 것은 통상적으로 주방(kitchen)이라고 설명에 나와 있어도 이것이 간이주방(kitchenette)인지 완비주방(fully equipped kitchen)인지 정확히 확인해야 한다는 점이다. 또한 완비주방이라 하더라도 스토브탑이 1구인 경우도 있고 2~4구인 경우도 있으므로 꼼꼼한 확인과정이 필요하다. 따라서 각 숙소별 정보를 자세히 살펴볼 필요가 있고 되도록 사진자료를 통해 객실 내부를 면밀히 파악해야 실수가 없다. 사진은 숙소 홈페이지나 트립어드바이저닷컴, 호텔스닷컴, 부킹닷컴 등에서 확인할 수 있다.

2. 건강한 호흡을 위해 바닥이 나무인 숙소 찾기

우리 가족은 바닥에 카펫이 깔린 숙소는 질색이다. 이 사람 저 사람 신발에 밟히고 밟힌 카펫은 먼지덩이 집합소가 아닐 수 없다. 섬유 조직 사이에 박혀 있는 그 먼지란! 제아무리 유명 호텔이라도 카펫이 깨끗할 리 만무하다. 게다가 대부분의 호텔엔 개폐형 창문이나 발코니가 없지 않은가? 환기가 잘 되지 않는 꽉 막힌 객실의 카펫은 더 이상 언급치 않아도 어떠할지 독자 분의 상상에 맡긴다. 때문에 우리 가족 한 달 살기 숙소는 카펫바닥이 아니어야만 했다. 이런 숙소를 찾는 일은 처음엔 정말 쉽지 않았다. 절대 다수의 숙소가 카펫이다. 하지만 눈을 부릅뜨고 찾고 또 찾아보니 나무인 곳들을 발견할 수 있었다. 어떻게 찾았는가? 이는 온전히 시간과 끈기의 문제였다. 숙소 웹사이트 사진은 물론 트립어드바이저닷컴, 호텔스닷컴, 부킹닷컴 등의 사진들을 하나하나 살펴보아야 한다. 엄청난 노력이 필요한 일이다. 그렇지 않다면, 숙소에 직접 전화나 이메일로 문의하는 게 수월하다. 하지만 종종 답변이 늦어지거나 아예 없을 수 있으니 다양한 방법을 강구해야 한다. 가끔 친절한 웹사이트는 wooden floor라고 명기해 둔 경우도 있다.

메리톤 사우스포트의 거실.

3. 건강한 환기를 위해 개폐 가능한 창문이 있는 숙소 찾기

　주방이 있는 방이라면 열리고 닫히는 창문·발코니는 필수다. 기본적 환기도 그렇고 음식 조리 시 환기는 당연하니까. 이러한 개폐식 창문·발코니 유무를 확인하는 길 역시 멀고 고되다. 숙소 홈페이지에 이런 정보가 명기된 경우도 있지만, 매우 드물다. 그러므로 구글에서 호텔+개폐형 창문·발코니+도시명(hotels with window/balcony that opens sydney)식의 조합으로 검색할 필요가 있다. 숙소 리스트가 나오면 하나하나씩 객실 시설 안내문을 꼼꼼히 읽어 내려가야 한다. 검색결과와는 달리 개폐식 창문이 아닌 경우가 많기 때문이다. 또한 같은 호텔이라도 객실 유형이나 층에 따라 창문

스타일이 다를 수 있으므로 주의를 요한다. 이럴 때 다시 사진을 하나씩 보면서 확인하거나 숙소 측에 직접 문의하는 방법에 의존해야 한다.

메리톤 체스우드의 거실과 발코니.

제3장
우리 가족이 머물렀던 꽤 괜찮은 숙소들

1. 내 집 같은 편안함이 그대로, 레지던스의 최강자 메리톤 스윗츠

우리 가족은 힘든 검색과정을 거쳐 호주의 레지던스형 아파트먼트 브랜드 몇 가지를 찾아낼 수 있었다. 우리 가족이 아주 좋아라 하는 메리톤 스윗츠(Meriton Suites, https://www.meritonsuites.com.au)를 비롯해 맨트라 아파트먼트(Mantra Apartments, https://www.mantra.com.au), 아디나 아파트먼트 호텔(Adina Apartment Hotel, https://www.adinahotels.com), 월도프 서비스 아파트먼트(Waldorf Serviced Apartments, https://www.waldorf.com.au/en/home.html), 퀘스트 아파트먼트 호텔(Quest Apartment Hotel, https://www.questapartments.com.au), 스카에 호텔 스윗츠(Skye Hotel Suites, https://www.skyehotels.com.au) 등이 호주 주요 도시에 포진해 있다. 호주 한 달 살기의 장점 중 하나는 장기 체류자를 위한 레지던스형 숙소

가 이처럼 다양해 취향과 필요에 따라 선택이 가능하다는 점이다.

다들 나름의 매력과 장점을 지니고 있지만, 우리 가족이 선택한 것은 메리톤 스윗츠였다. 시드니, 체스우드, 브리즈번, 사우스포트 모두 메리톤에서 묵었다. 다른 브랜드들도 주방과 발코니를 갖추긴 했으나, 우리 가족의 주 목적지인 공원과 놀이터에 인접하면서 바닥이 나무로 처리된 숙소는 오직 메리톤에서만 찾을 수 있었다. 여기서 특기할 것은 거실 공간만 나무이고 침실은 카펫이라는 점이다. 아늑한 수면 분위기를 위해 침실은 카펫으로 되어 있는 것 같다. 다행히도 메리톤 침실엔 개폐식 창문이 있어서 청소와 환기에 문제가 없었다. 또한 다른 브랜드 아파트 중엔 동일 건물이라도 객실에 따라 전체 카펫인 경우와 거실만 나무인 경우가 혼재해 있어 주의를 요했다.

대부분의 메리톤에는 실내외 풀장, 자쿠지, 피트니스 센터, 사우나, 바비큐장, 놀이터가 갖춰져 있다. 외부로 나가서 놀지 않는 날에는 메리톤 안에서도 좋은 시간을 보낼 수 있었다. 또한 입지도 매우 전략적으로 이루어져, 메리톤 주변에는 항상 대형 슈퍼마켓이 있었다. 특히 사우스포트 메리톤은 아파트 건물 연결동 1층에 울월스 슈퍼마켓(Woolworth)이 있어서 아주 그만이었다. 객실에서 엘리베이터를 타고 지하 1층 주차장으로 내려간 후 다시 에스컬레이터를 타고 올라가면 슈퍼마켓과 몇 개의 아시안 레스토랑, 그리

고 약국이 나온다. 장을 본 후 짐을 들고 숙소까지의 이동이 너무
도 수월했다.

유·소아풀, 성인풀, 자쿠지로 이루어진 메리톤 사우스포트의 수영장.

메리톤의 또 다른 장점은 장기 체류에 필수인 세탁기와 의류건
조기가 객실 내에 구비되어 있다는 점이다. 공용 런더리 룸이 별도
공간에 설치된 경우엔 매번 코인을 준비해 세제와 빨랫감을 들고
오가야 하는데 이런 수고를 덜 수 있으니 매우 편했다. 그리고 이
미 여러 사람이 사용했던 기계이긴 하지만, 한동안 우리 가족만
단독으로 사용하게 되니, 남들 옷을 빨았던 기계에 우리 가족 옷
이 섞이는, 썩 유쾌하지 않은 기분을 조금이나마 덜어낼 수 있어,
특히 엄마가 좋아했다.

또한 메리톤에는 예쁜 발코니가 있고, 작은 테이블과 의자도 몇 개 놓여 있다. 우리 가족은 늘 발코니 출입문을 활짝 열어두고 지냈다. 한국에서 제대로 느껴보지 못한 자연의 바람, 그 깨끗한 공기를 만끽하고 싶어서였다. 발코니는 저녁 식사 장소로도 종종 애용되었다. 밖이

메리톤 체스우드의 세탁실. 의류건조기도 있다.

시끌시끌하고 주변의 음식점 냄새가 있었던 시드니 켄트 스트리트 메리톤만 빼고 다른 곳에서는 저녁 식사를 자주 발코니에서 즐겼다.

메리톤 사우스포트 발코니에서의 저녁 식사 준비.

　그 외에 생츄어리 코브에서는 캥거루가 뛰어노는 인터컨티넨탈 생츄어리 코브 리조트(InterContinental Sanctuary Cove Resort), 타롱가 동물원을 가기 위한 전진기지로 시드니 오페라 하우스, 하버 브릿지 전망의 명소로 알려진 키 웨스트 호텔(Quay West Hotel), 시드니에서 한국행 비행기를 타기 전날엔 라이지스 에어포트 호텔 시드니(Rydges Airport Hotel Sydney), 브리즈번의 마지막 밤은 이비스 브리즈번 에어포트 호텔(Ibis Brisbane Airport Hotel)에서 지냈다.

2. 메리톤 스윗츠, 절약하며 예약하는 꿀팁

　메리톤 스윗츠의 예약은 메리톤 홈페이지에서 직접 하거나 호텔스닷컴 같은 예약사이트를 통하는 방법이 있다. 하지만 그간의 경험으로 볼 때, 숙박비를 비롯한 예약 조건은 본사 홈페이지가 더 나았다. 무엇보다도 홈페이지 예약 시엔 체크인 24시간 전까지 무료취소(free cancellation) 혜택이 제공된다. 급하게 일정에 변동이 생기거나 부득이한 사유가 발생할 때 또는 새로이 인하된 숙박비를 확인했을 때 매우 반가운 조건이다. 홈페이지의 숙박비는 수시로 변한다. 종종 이벤트 특가라 하여 크게 내려갈 때도 있다. 이때 무료취소 혜택을 잘 활용하면 비용을 절감할 수 있겠다. 이를 잘 활용하기 위해선 예약 시 페이 나우(pay now)와 페이 레이터(pay later) 옵션에서 후자를 택해 두는 것이 카드 환불 등 신경 쓸 일을 덜어줄 것이다.

　홈페이지 스페셜 오퍼에는 21일 이상 장기 투숙자(Extended Stay)에게 특별 가격을 제공한다고 나와 있다. 우리 가족도 이를 알아보았다. 하지만 그 금액이 홈페이지에서 통상적으로 제시되는 금액과 크게 차이가 나지 않았다. 우리 가족은 번거롭게 장기 투숙 담당자와 연락을 주고받는 수고로움보다 직접 홈페이지에서 예약하고 필요에 따라 취소하는 편리성을 택했다.

그럼 그동안 호주 한 달 살기를 경험하며 쌓은 메리톤 예약 노하우를 좀 더 구체적으로 공유하기로 한다.

1. 구글에서 meriton suites라 입력하면 홈페이지가 등장한다. 화면 상단에 체크인/아웃 날짜와 게스트 인원수를 입력하는 배너가 있다. 여기서 주의할 것이 게스트 인원수다. 정확하게 성인 몇 명, 소아 몇 명 식으로 구분되어 있지 않아 다소 혼란스럽다. 예약문의 담당자에게 채팅문의를 하니 객실 타입마다 최대 숙박인원이 정해져 있다고 한다(실시간 상담은 홈페이지 하단 chat 배너를 클릭하고 진행하면 된다. 아주 신속한 응답이 온다. 끝난 후 좋아요 한번 눌러주는 센스도~). 스튜디오는 나이 불문 최대 2인, 원 베드룸은 성인 둘에 12세 미만 소아 1인, 투 베드룸은 성인 넷에 12세 미만 소아 1인이 최대 인원이다. 이 기준을 따라 예약을 해야 하니 조심해야 한다. 우리 가족처럼 엄마, 아빠와 12세 미만 자녀 1인일 경우는 게스트 2인으로 입력하면 된다. 그러면 스튜디오에서 원 베드룸, 투 베드룸 이상의 객실이 제시되는데, 여기서 스튜디오는 제외하고 원 베드룸부터 가능하다. 엄마, 아빠와 더불어 12세 미만 초등생 자녀가 2인일 경우는 투 베드룸으로 예약해야 한다.

2. 메리톤의 가격 변동은 일주일에서 열흘 정도 터울로 발생하는 것 같다. 기 예약한 금액보다 높아지거나 내려갈 수 있으니 가끔씩 확인해 보면 더 좋은 가격을 만날 수 있다.

3. 한곳에서 최소 열흘 이상 지낼 거라면, 전체 일정을 한번에 다 예약을 하는 것보다 5일 정도씩 나눠서 예약하는 것도 좋은 방법이다. 왜냐하면 숙박비 인하가 발생했을 때, 인하된 가격이 전체 일정 중 일부 구간만 해당될 수 있으므로 일정을 나눠서 예약해 두면 인하된 구간에 가장 많이 포함되는 예약 먼저 취소하고 다시 예약하기 용이하다.

4. 홈페이지에 이메일 주소를 구독 신청해 두자. 이렇게 해 두면 이벤트 가격이 있을 때 이메일을 보내주고 메일에서 그대로 링크를 타고 들어가면 예약이 가능하다.

5. 예약 취소 시는 메리톤 웹사이트상에는 취소 배너가 잘 보이지 않으니, 예약확인 이메일을 찾아 취소하는 것이 빠르다. 이메일을 열면 아랫부분에 취소 배너가 보인다. 이를 클릭해 링크를 따라가면 신속, 정확하게 예약 취소를 진행할 수 있다. 취소 후엔 취소 확인 이메일도 보내주니 다시 한번 확인해 두는 것이 바람직하다.

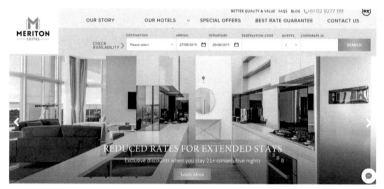

출처: 메리톤 홈페이지(www.meritonsuites.com.au)

3. 메리톤 스윗츠와 그 밖의 숙소들 장단점

여기서는 우리 가족의 보금자리가 되었던 메리톤을 비롯한 몇몇 숙소들의 장점과 단점에 대해서 간략하게 소개한다.

▶ **메리톤 스윗츠 켄트 스트리트 시드니(Meriton Suites Kent Street, Sydney)**
장점: ① 달링 하버의 텀발롱 놀이터까지 도보 10분 소요 ② 주변 도보 5분 거리 내에 콜스, 울워스 슈퍼마켓 다수 ③ 건물 주변 리버풀, 켄트, 피트 스트리트 등에 수많은 레스토랑 포진(다수의 한국 식당 포함) ④ 인근에 지하철역(타운홀과 뮤지엄 역)이 있어 교통 편리
단점: ① 시드니 중심부 CBD에 위치한 만큼, 하루 종일 소음이 심함 ②

주변 레스토랑으로부터의 음식 냄새 유입

기타: 최근 객실 리모델링 후, 거실 바닥이 나무에서 카펫으로 변경됨

▶ 메리톤 스윗츠 사우스포트(Meriton Suites Southport)

장점: ① 브로드워터 파크랜드까지 도보 10분 미만 ② 브리즈번과 골드 코스트를 연결하는 브로드워터 경전철(G:link)역이 바로 코앞 ③ 메리톤 건물 내에 울월스 슈퍼마켓과 다수의 레스토랑 ④ 아파트 위치에 따라 시원한 바다 전망 ⑤ 씨월드, 무비월드, 웻앤와일드, 드림월드 근거리에 위치 ⑥ 서퍼스 파라다이스 중심부로 이어지는 캐빌 애버뉴까지 경전철로 15분 남짓 소요 ⑦ 조용하고 평화로운 주택과 아파트 지역에 위치 ⑧ 현지인들과 여유로운 저녁 산책을 공유할 제임스 오베렐 공원까지 도보 5분 거리

단점: 없음

▶ 메리톤 스윗츠 체스우드(Meriton Suites Chatswood)

장점: ① 조용한 타운에 위치 ② 시드니를 오갈 수 있는 메트로 역 도보 5분 이내 ③ 메트로로 시드니 달링 하버 놀이터까지 40여 분(타운홀 역 하차 후 도보 포함) ④ 메트로 역 인근에 무수한 쇼핑몰과 레스토랑 즐비 ⑤ 도보 20분 거리에 뷰챔프 공원과 해먼드 놀이터 ⑥ 공원 오가는 길목에 엄청난 먹을거리 즐비

단점: 없음

▶ 메리톤 스윗츠 허쉘 스트리트 브리즈번(Meriton Suites Herschel Street, Brisbane)

장점: ① 로마 스트리트 파크랜드까지 도보 10분 소요 ② 타 지역을 오갈 수 있는 메트로와 시외버스 터미널인 브리즈번 트랜짓 센터(Brisbane Transit Centre)가 바로 길 건너편 ③ 브리즈번 시립 수목

원까지 도보 20분 거리 ④ 사우스뱅크 파크랜드까지 우버로 10분 소요(도보 30분 소요)

단점: ① 장을 볼 수 있는 슈퍼마켓까지 15분 정도 소요. 짐이 많을 시 다소 불편 ② CBD 오가는 길목에 음침한 분위기의 장소가 몇 곳 있음

▶ **인터컨티넨탈 생츄어리 코브 리조트(InterContinental Sanctuary Cove Resort)**

장점: ① 캥거루가 뛰어노는 아름다운 정원 ② 나무 바닥 객실 ③ 모래와 바닷물로 채워진 인공 해변 라군풀 ④ 맛있는 조식 ⑤ 게이티드 커뮤니티 내의 안전하고 품격 있는 리조트 ⑥ 인근 마리나의 멋진 풍광 ⑦ 친절한 직원들 ⑧ 탁구, 풋살을 즐길 수 있는 정원 시설

단점: ① 리모델링이 필요한 낡은 객실 ② 망가진 탁구대

▶ **시드니 키 웨스트 호텔(Sydney Quay West Hotel)**

장점: ① 타롱가 동물원으로 연결되는 페리 선착장(서큘라 키)까지 도보 10분 소요 ② 수영장과 호텔 전망대에서 달링 하버의 장관을 즐길 수 있음 ③ 주변에 음식점 다수 ④ 한쪽 벽면이 통유리로 된 특이한 수영장

단점: ① 바닥이 카펫 ② 다소 좁은 객실

키 웨스트 수영장에서 본 달링 하버와 오페라 하우스.

▶ **라이지스 시드니 에어포트 호텔(Rydges Sydney Airport Hotel)**

　장점: ① 시드니 국제공항 터미널 안에 위치해 도보 5분 만에 항공사 카운
　　　 터까지 이동 가능 ② 활주로가 보이는 객실 ③ 항공기 기종 해설서
　　　 가 비치된 객실

　단점: ① 카펫이 깔린 좁은 객실 ② 개폐형 창문 없음

▶ **이비스 브리즈번 에어포트 호텔(Ibis Brisbane Airport Hotel)**

　장점: ① 브리즈번 국제공항에서 가장 가까운 공항 호텔. 무료 셔틀 제공
　　　 ② 쇼핑과 식사 해결에 도움을 주는 DFO(Direct Factory Outlet)가
　　　 우버 10분 거리

　단점: ① 카펫 객실 ② 개폐형 창문이 없는 단출한 객실

Part Ⅲ

아들과 신나게 뛰어놀며
행복을 얻은 그곳들

우리 가족은 첫 한 달 살기 때 시드니, 사우스포트, 그리고 생츄어리 코브를 이동하며 3주를 지냈다. 이때는 심리적 부담감이 은근히 커서 이제 한 달 살기는 더 이상 못하지 않을까 생각했었다. 하지만 채 1년이 흐르기도 전에 우리 가족은 또다시 호주행 비행기에 탑승해 있었다. 호주의 저 청정한 자연, 푸른 하늘, 그리고 맑은 공기가 우리 가족을 거의 자동적으로 다시금 끌어들였던 것이다. 그리하여 시드니 근교 체스우드와 사우스포트가 두 번째 한 달 살기의 터전이 되었다. 세 번째 한 달 살기는 브리즈번에서 시작하기로 했다. 호주의 매력에 푹 빠진 우리 가족은 다시 호주 땅을 밟았다. 브리즈번, 그리고 또다시 사우스포트! 이 두 도시에서 우리 가족 세 번째 호주 한 달 살기가 이어졌다.

앞서 밝혔던 우리 가족 한 달 살기는 현지인처럼 그곳의 공기와 문화를 만끽하고 아들과 함께 뛰어놀면서 건강을 되찾는 것이 주된 목적이었다. 그래서 방문지는 거의가 숙소에서 가까운 공원과 놀이터였다. 동네 곳곳에 깃든 편안하고 깔끔한 공원들. 늘 아이들 웃음소리 가득한 놀이터들! 마치 한국의 집 근처 공원을 찾듯이, 그리고 호주 사람들이 동네 공원에서 쉬고 아이들과 놀이터로 향하듯이 우리 가족은 그렇게 호주에서 호주인처럼 한 달 살기를 추구했다.

머물렀던 도시 가운데 사우스포트, 체스우드, 생츄어리 코브는 한국 관광객이 일반적으로 찾는 목적지가 아니다. 하지만 지내보니 그 지역에 녹아들 수 있는 독특한 경험을 선사하는, 아주 멋진 동네들이 아닐 수 없었다. 이 글을 읽는 독자분들, 특히 아이들을 동반한 가족분들에게 꼭! 추천하는 도시들이다.

제1장
시드니에서 보낸 그리움의 시간

1. 행복한 미소가 얼굴 가득, 달링 하버에서 뛰어놀자!

달링 하버(Darling Harbor)는 우리 가족에게 '힘들고 어려운 결정이었지만, 정말 호주에 오길 잘했구나' 하는 위안을 안겨준 첫 번째 방문지다. '마이 달링', '내 사랑 달링' 같은 달달한 표현으로 귀에 익숙해져 왠지 모를 친근감을 주는 이름이다. 원래 롱 코브(Long Cove)라 불렸던 곳으로 1800년대 당시 이 지역의 통치자 랄프 달링(Ralph Darling)이 자신의 이름을 따서 달링 하버라 부르기 시작했다. 이 사실을 알게 되면 왠지 달콤하게 들리던 이름이 그다지 낭만적으로 들리진 않는다. 하지만 연유야 어찌 되었든 이곳은 우리 가족에게 충분히, 아니 그 이상으로 '내 사랑, 달링'이 되어 있었다. 그만큼 달링 하버는 아주 매력적인 공간이었다. 첫 번째와 두 번째 한 달 살기의 이유가 바로 이 달링 하버였으니까.

이곳은 한마디로 시드니의 숨통 같은 공간이다. 단순히 항구 역할만 하는 곳이 아니다. 사람들이 편히 쉬고 놀 수 있는 콘텐츠가 다양하게 공존하는 행복한 곳이다. 8헥타르에 이르는 광대한 부지에 넓은 잔디밭이 펼쳐져 있고 여기에 아이들을 위한 텀발롱 공원 놀이터(Tumbalong Park Playground), 중국우정정원(Chinese Garden of Friendship), 대회전 관람차(Star of the Show)가 있다. 또한 시드니 국제 컨벤션 센터(Sydney International Convention Center)를 비롯해 세련된 쇼핑센터와 레스토랑이 즐비하다. 더군다나 시드니의 비즈니스 중심지인 CBD(central business district)에 인접해 있어 그 가치가 더욱 빛난다. 대도시 한복판에 이런 멋진 레저, 휴식 공간이 있다니! 이는 정말 대단한 축복이 아닐 수 없다. 이곳에선 시드니 시민뿐만 아니라 세계 각국에서 온 사람들이 행복한 모습으로 휴식과 놀이에 빠져든다. 다양한 피부색의 방문객들, 깨끗한 대기를 가로지르며 소리 내어 뛰어노는 아이들과 가족들. 그 천국 같은 모습이 바로 이 달링 하버에 있다.

우리 가족은 시드니에서 지내는 동안 거의 매일 달링 하버를 찾았다. 숙소인 메리톤 스윗츠 켄트 스트리트(Meriton Suites Kent Street)에서 리버풀 스트리트를 따라 쭉 서쪽으로 내려가면 달링 하버까지 편도 550m 남짓이다. 아침 식사 후 오전 햇살을 받으며 걷기에 적당한 거리였다. 우리 가족은 아침을 먹고 나면 서둘러 나갈 채비를 했다. 아들 놀이를 위한 여분의 옷과 수건 그리고 필수적인 물과 먹을거리를 싸서 신나게 놀 채비를 한 것이다. 미세 먼지로 고통받던 한국에서 제대로 놀지 못한 한을 풀듯, 우리 가족은 매번 '우리 오늘 열심히 놀자' 하는 비장한(?) 각오를 하며 달링 하버로 향했다.

달링 하버에 도착하면 먼저 텀발롱 공원 잔디밭이 우리 가족을 맞이한다. 한쪽으론 시드니 국제 컨벤션 센터, 맞은편엔 어린이 놀이터와 식당가를 마주하고 있는 아주 넓고 시원한 녹지대다. 누워 낮잠을 자는 사람들, 편안한 자세로 독서 삼매경에 빠진 사람들, 땀 흘리며 뛰는 아이들, 천천히 유모차를 끄는 아기 엄마들 모두 행복한 표정으로 자신만의 시간을 만끽한다. 자연과 어우러져 평화로운 휴식을 만들어 가는 모습은 그대로 아름다운 그림이다.

텀발롱 공원 잔디밭에서 공놀이하는 아들.

식당가 앞 작은 무대에서는 아이들을 위한 행사가 자주 열렸다. 함께 춤추고 노래하는 이벤트에서 마술쇼까지 다양한 행사들이 여름 내내 펼쳐졌다. 무료 영화제도 가족들을 반겼다. 매일 저녁 무대 위에 스크린을 내걸고 〈미녀와 야수〉, 〈나홀로 집에〉 같은 영화들을 틀어주었다. 이름하여 밤부엉이 키즈 영화제(Night Owls Kids Film Festival)였다.

텀발롱에서의 어린이 이벤트. 노래하고 춤추는 행사였다.

텀발롱의 밤부엉이 키즈 영화제 안내판.

아들은 잔디밭에서 힘차게 내달리길 즐겼다. 경사가 거의 없는 평평한 지면이어서 뛰어놀기에 적합했다. 달링 하버에 들어서면 꼭 여기에 들러 1시간 정도 뛰어놀았다. 얼굴이 까맣게 탈 정도로 뛰고 또 뛰었다. 지쳐도 잠시 쉬었다, 다시 뛰기를 반복했다. 땀을 뻘뻘 흘리며 한참을 놀고 나서야 물놀이터로 향했다. 엄마, 아빠도 함께 달리면서 저 눈부신 햇살과 청명한 대기를 온몸으로 느끼곤 했다.

이렇게 맑은 공기를 마시며 열심히 뛰어다녀서인지, 우리 가족은 그간 고생하던 기침과 가래를 불과 며칠 만에 싹 걷어내 버렸다. 걸걸하던 목소리는 정말 거짓말같이 사라지고, 원래의 맑고 깨끗한 목소리를 되찾았다.

2. 옷이 다 젖어도 좋아, 텀발롱 놀이터

우리 가족에게 있어 달링 하버의 요지는 텀발롱 놀이터(Tumba-long Park Playground)였다. 여기엔 물 놀이터와 건식 놀이터가 서로 이웃해 존재한다. 어린이를 위한 놀이시설이 대단한 미국과 캐나다에서도 보지 못했던 독창적인 물 놀이터에 집라인, 그네, 미끄럼틀, 정글짐이 있는, 정말 멋들어진 놀이터다. 게다가 바로 뒤편에는 깔끔한 화장실과 스테이크 하우스, 동남아 음식점, 맥도널드,

초콜릿 숍 등 카페와 레스토랑이 줄지어 있다. 놀고 먹고 쉬기에 더할 나위 없는 최적의 조합이다.

　아들은 특히 이곳의 물 놀이터를 좋아했다. 물이라면 사족을 못 쓰는 아들이 뜨거운 햇살 아래 집중력을 발휘하며 재미있게 놀 수 있었던 곳이다. 스플래시 패드 혹은 스프레이 패드라 불리는 일반적인 물 놀이터는 바닥에서 물이 치솟아 오르는 바닥분수식 놀이터인 데 비해 이곳은 물의 '흐름'과 변화를 기반으로 아이들의 상상력과 집중력을 자극하는 아이디어가 돋보이는 곳이다. 한쪽에 아주 작은 크기의 바닥분수가 있기는 하지만, 이곳은 아이들이 직접 작동할 수 있는 물펌프, 물을 막고 여는 댐, 여러 갈래의 수로, 그리고 물레방아 등이 갖춰져 있는 것이 특징이다.

바닥분수에서 신난 아이들.

일반적으로 바닥분수식 놀이터에서는 아이들이 다소 흥분된 상태로 놀이에 빠진다. 솟아오르는 물과 대결하듯 물이 분출되는 순간을 피해 내달리며 논다. 하지만 물의 '흐름'이 강조된 이곳에선 아이들이 보다 차분하게 놀이에 몰입한다. 실험적이고 관찰자적인 모습까지 보인다. 놀이터 상하부는 물의 흐름을 만들어내기 위해 서로 다른 높낮이로 이루어져 있다. 위에서 아래쪽으로 경사진 공간이어서 물이 자연스럽게 흘러내려 간다. 가장 높은 곳에는 물을 길어내기 위한 펌프가 여러 대 설치되어 있다. 여기서 퍼 올려진 물은 여러 갈래 물길로 흘러내려 간다. 그 물길 중간에는 물의 흐름을 차단할 수 있는 여닫이식 물막이 댐들이 있고, 물의 힘으로 도는 크고 작은 물레방아 몇 개가 설치되어 있다. 아이들은 직접 펌프질을 해 물을 끌어올린 후 흐름을 관찰하거나 댐을 움직여 물길을 막았다 열었다 하면서 놀이에 열중한다.

다양한 물놀이 장치들이 있는 놀이터.

특히 펌프놀이에서 아이들은 각별한 성취감을 맛보는 것 같다. 자신이 공들여 끌어 올린 물이 수로를 따라 흘러가는 모습을 보면서 즐거워한다. 주변의 아이들도 수로에 넘치는 물을 따라가며 함께 즐거워하고, 부모들은 흐뭇한 표정으로 아이들을 바라본다.

펌프질하며 물을 끌어 올리는 아이들.

아들은 여느 아이들과 마찬가지로 물길을 따라 옮겨 다니며 신나했다. 아주 열심히 물길을 관찰하는 모습이 진지하기까지 했다. 마치 레고블록을 조립할 때와 같은 집중력이었다. 가끔씩 말이 통하든 안 통하든 다른 나라 아이들과 머리를 맞대고 서로의 언어로 이야기하면서 물놀이를 즐기기도 했다. 의사소통이 불가능할 텐데도, 서로 손짓 발짓에 눈치코치 다 동원해 노는 모습이 놀라웠다.

여기서의 놀이가 어느 정도 충족되면, 아들은 바로 옆 건식 놀이터로 이동했다. 꼭 그랬다. 순서는 물놀이터 먼저, 그다음이 건식 놀이터. 이 놀이터는 흙과 나무껍질로 바닥처리가 되어 있어 쿠션감이 좋다. 폐타이어로 바닥이 만들어진 놀이터는 햇빛을 받으면 고약한 냄새를 풍기는데, 이곳에선 나무 냄새가 난다. 어른이 탈 수 있을 만큼 면이 넓은 미끄럼틀과 아이들 몇 명이 들어갈 만한 큼직한 튜브, 정글짐, 그리고 집라인이 이곳의 명물이다.

정글짐으로 연결된 로프 위를 걷는 아이들.

아들은 튜브에서 처음 만난 아이들과 잘 어울려 놀곤 했다. 서로 술래잡기하듯 튜브에 숨고 찾아내는 게임을 하는가 하면 아이들과 잠시 튜브 안에 누워 쉬기도 했다. 놀이가 끝나면 어느새 친구가 된 아이들과 악수를 하고 헤어졌다가, 다시 새로운 친구들을 만나 놀기를 반복했다. 그러면서 커가는 아들의 모습이 대견했다.

3. 시드니의 심장, 달링 하버에서 마주친 중국 파워

우리 가족이 있던 1월에는 텀발롱 공원 잔디밭에서 부동산 홍보 행사가 열렸다. 그런데 놀랍게도 중국인이 주관하는, 중국인에 의한, 중국인을 위한 행사였다. 그 넓은 잔디밭에 중국어로 치장한 수십 개의 홍보 부스가 가득 차 있었다. 중국어 전단과 홍보물에 상담하는 인력들 모두 중국인이었다. 호주 현지인도 눈에 띄긴 했지만, 극소수에 불과했다. 호기심에 둘러보니 시드니 근교, 브리즈번, 골드코스트, 멜번, 애들레이드 등지에 새로 지은 주택과 타운하우스를 홍보하는 행사였다. 물론 중국계 금융회사들도 나와 있었다. 우리나라 아파트 분양 현장과 비슷한 분위기다.

호주하고도 시드니, 시드니하고도 시드니의 자존심 달링 하버에 이렇게 중국인 행사가 열린다는 것이 너무도 놀라웠다. 중국인들의 호주 부동산 투자는 익히 알고 있었지만, 그 현장을 이렇게 눈앞에서 보니 그저 놀라울 따름이었다. 호주 부동산을 구입할 능력은 없으나 도대체 무얼 어떻게 어느 정도의 가격에 파는지 궁금해 부스 몇 곳을 찾아가 보았다. 상담자는 중국어로 말을 걸어왔다. 영어로 답하자, 상담자는 이내 영어로 매우 친절하고 배려심 있게 천천히 설명을 이어갔다.

부스는 멜번에 지어진 신규 주택을 공급하는 회사였다. 상담자가 건네준 사진에는 방 3개, 화장실 2개, 차고 1개에 작은 정원이 딸린 꽤 세련된 집이 반짝반짝 빛나고 있었다. 한눈에 봐도 아주 멋진 집이었다. 정원이 있는 집에서 강아지랑 사는 게 꿈인 아들이 마음에 들어 했다. 사실 엄마와 아빠도 끌리는 집이었다. 하우스와 토지 포함 가격은 48만 호주 달러. 한화로 계산하면 약 4억 1천만 원 선. 방 3개라도 멜번 인근 다른 동네에는 36만 호주 달러, 한화 3억 1천만 원 정도의 예쁜 집도 있었다(환율 850원 선 기준). 금액은 한번에 지불하는 것이 아니라, 융자를 얻어 부담 없이 구입할 수 있고 학군도 매우 좋다는 설명까지 이어졌다. 또한 외국인 부동산 구매 시 호주 정부에 지불해야 하는 세금도 면제해준다는 파격적(?) 조건까지 제시했다. 정말 능력만 되면 한 채 구입하고 싶은 집이었다. 천편일률적인 한국의 아파트와 미세 먼지를 벗어나서 저런 그림 같은 집에서 살아볼 수 있다면 하는 서글픔이 잠시 스쳐 갔다.

1월 하순에 이르자 중국의 파워를 더 크게 실감케 하는 또 다른 이벤트가 텀발롱 공원에서 준비되고 있었다. 다름 아닌 차이니즈 뉴이어(Chinese New Year), 즉 춘절이라 불리는 음력 설 축하행사였다. 호주에서 중국식 신년 행사라니! 공원 입구 진입로엔 중국식 붉은색 둥근 등과 한자가 적힌 휘장들이 무수히 흩날렸다. 이곳만 본다면 그 누구도 호주라 생각하기 힘들 정도였다. 호주가 아니라 중국 그 자체였다. 처음엔 어리둥절했다가 영어로 쓰인 Happy Chinese New Year 휘장을 보곤 겨우 중국식 설맞이 행사구나,

하며 어렴풋이 짐작할 수 있었다.

  우리 가족은 설날 전에 한국으로 돌아왔기에 행사는 보지 못했다. 지금도 어떤 식으로 진행되었는지, 또 호주인들은 이 행사를 어떻게 경험했는지 매우 궁금하다. 혹시 행운이 생겨 다시 설 시즌에 호주에 갈 수 있다면 꼭 한번 보고 싶다. 호기심이 발동해 구글을 검색해보니, 시드니의 설날 행사는 하루 이틀에 끝나는 것이 아니라 2주에서 3주 정도 진행되는 장기적 행사였다. 또한 시드니의 설 축제는 중국 이외의 지역에서 열리는 최대 규모의 춘절행사라 한다. 우리 가족이 귀국편 비행기를 타러 공항에 있을 때도 공항 내부가 온통 붉은색으로 물들어 있을 정도였다. 뿐만 아니라 시내 상점들도 기념품으로 붉은색 돈봉투를 나눠주고 있었고, 슈퍼마켓 홍보물도 중국식으로 꾸며져 있었다.

중국식 설날을 알리는 시드니 공항 홍보물.

4. 작아서 매력적인 코클 베이 와프 놀이터

달링 하버엔 코클 베이(Cockle Bay)라는 작은 만이 있다. 여기에 중소형 배를 위한 와프(선착장)가 있고 이 지명을 따서 쇼핑몰이 크게 형성되어 있다. 텀발롱 공원에서 서북쪽으로 올라가면 크루즈 선착장이 나오고 좀 더 올라가면 대회전 관람차가 있다. 그 배후를 코클 베이 와프 쇼핑몰이 감싸고 있다. 여기엔 세련된 분위기의 레스토랑, 카페, 기념품 가게들이 즐비하다. 몰 뒤편에는 이비스 시드니 달링 하버, 노보텔 시드니가 있고 하버 건너편에는 파크 로열 달링 하버, 하얏트 리젠시 시드니 등 멋진 호텔들이 있다. 달링 하버를 중심으로 여행하는 사람들에게 이 호텔들도 좋은 선택이 될 듯하다.

코클 베이 와프의 명물은 Star of the Show라는 대회전 관람차다. 텀발롱 놀이터에서 완전 진을 빼고 놀고 난 후임에도 꿋꿋하게 와프까지 걸어간 아들은 관람차에 관심을 보였다. 아들 성화에 못 이겨 가족 모두 탑승했다. 저녁 시간에 바라보는 시드니의 모습은 꽤 멋스러웠다. 물과 공존하는 도시의 모습이 편안하게 느껴졌다. 흔들리는 수면 위에 투영된 시드니의 밤은 몽환적이기까지 했다.

관람차에서 내린 아들은 근처 휴식공간에 설치된 아주 작은 놀이공간에서 동유럽게 아이들과 한참을 놀았다. 놀이터라 부르지 않고 공간이라 한 것은, 정말 그 면적이 작기 때문이다. 7~8명의 아이들만 있어도 꽉 차 보이는 곳에 체스판 하나가 덩그러니 놓여 있었다. 하지만 장소의 협소함은 문제가 아니다. 아이들은 체스판에서 함께 잘 즐겼다. 가끔 서로 먼저 기물을 두겠다고 살짝 경쟁이 일기는 했지만, 아이들은 그저 행복해했다. 부모도 자신의 자녀가 다른 아이들과 뒤엉켜 노는 모습에 미소를 보냈다. 부모들은 서로 눈이 마주치면 간단한 목례와 눈웃음을 나눴다. 좁은 공간이 오히려 유대감을 강화해주는 분위기였다. 편안한 밤공기에 마음이 부드러워진 시간이었다. 아주 좁은 놀이공간이었지만, 저녁 시간의 여유를 찾기엔 부족함이 없었다. 여기서 시간을 보낸 우리 가족은 서둘러 숙소로 향했다. 일몰 후여서 긴장되었지만, 숙소까지 가는 길엔 다행히 사람들이 꽤 많이 다니고 있어 다소나마 안심이었다.

5. '아빠, 여기 또 와요! 너무 신나요!' 파워하우스 뮤지엄

아들이 아주 좋아했던 호주의 박물관으로 단연 파워하우스 뮤지엄(Powerhouse Museum)을 꼽을 수 있다. 역사적 유물과 첨단 디지털 기술을 동시에 경험할 수 있는 곳이다. 종종 시드니 과학박물관으로도 불리는 이곳은 뮤지엄 디스커버리 센터, 시드니 천문대와 함께 시드니의 응용예술과학박물관연합체(MAAS: Museum of Applied Arts & Sciences)를 이룬다. 박물관 외벽에 크게 쓰인

MAAS가 오히려 Powerhouse Museum 글자보다 눈에 잘 띄니 찾을 때 혼동하지 않도록 주의해야 한다.

파워하우스 뮤지엄 전경.

사실 이곳은 박물관 자체로선 큰 규모는 아니다. 하지만 아이들을 위한 특별 행사가 꾸준히 열리고, 다양한 주제의 체험학습이 정기적으로 진행된다. 로봇 탐구교실, 디지털 연구교실, 과학 실험교실, 디지털 스토리텔링 연구, 게임베이스드 학습교실 등이 그것이다. 영어로 어느 정도 의사소통이 가능한 자녀가 있다면 참여해 볼 만하다.

파워하우스란 이름에서 유추할 수 있듯 여기엔 힘을 내어 작동하는 대형 증기 엔진들이 전시되어 있다. 1층 로비에는 엄청난 크기의 증기 기관차가 위용을 자랑하며 전시되어 있다. 1854년에 만들어진 로코모티브 넘버 원(Locomotive no. 1)이라는, 시드니 최초의 승객운송용 증기 기관차다. 객차 몇 량이 연결되어 있어 직접 앉아볼 수도 있다. 방문객들이 너도나도 사진찍기에 바쁜 곳이다.

또한 휘트브레드 스팀 엔진(Whitbread Steam Engine)이라는 거대한 철제 바퀴가 눈길을 끌었다. 저 유명한 제임스 와트의 설계로 1784년에 만들어진 세계 최초의 회전식 엔진이다. 원래 영국의 발효공장에서 사용되었던 것을 1888년 호주가 인수받았다고 한다.

파워하우스 뮤지엄의 로코모티브 넘버 원.

이런 역사물의 상설 전시와 더불어 특별 전시관에는 첨단 기술이 꽃을 피우고 있었다. 디지털 기술을 활용해 빛과 조명으로 아이들의 상상력과 창의력을 자극하는 미디어 행사였다. 일본의 Teamlab사가 개발했다는 미래공원(Future Park)이 그것이었다.

미래공원에선 〈스케치 타운 페어퍼 크래프트〉란 행사

가 중심을 이루고 있었다. 종이에 그림을 그리고 이를 전용 스캐너를 통해 전송하면 벽면 초대형 스크린에 그림이 나타난다. 그림은 신기하게도 생명을 얻은 듯 입체감 있는 영상이 되어 움직인다. 아이들은 사람은 물론 승용차, 트럭, 비행기도 그려 넣었다. 스크린의 도로에는 자동차가 생생하게 움직였고 비행기는 하늘을 날았다. 그림으로 그려진 사람은 살아있는 듯 팔과 다리를 움직였고 때론 스크린의 다른 사람과 대화를 나누기도 했다. 부모들은 스크린에 떠오른 자녀들의 그림을 확인하랴, 사진 찍으랴 매우 분주했다. 우리 가족도 그 일부였다. 아들은 자신이 그려 생명을 불어넣은 사람과 자동차, 비행기를 찾아낼 때마다 환호성을 질렀다.

열심히 그림 그리기에 열중한 방문객들.

스크린에서 움직이는 그림들.

원통형 인터렉티브 놀이터도 매우 인기 있는 곳이었다. 원통의 둥근 면에 빛과 조명으로 햇살이 묘사되고 여기에 닭, 젖소, 사람, 생일케이크 등이 그려진다. 실제 나무로 만들어진 작은 프라이팬을 둥근 면 위에서 움직이면 그 위에 조명으로 스테이크가 구워지거나 계란 후라이가 구워지는 영상이 입혀진다. 그러다 이내 사라지면서 별 모양의 불꽃들을 발산한다. 아들은 여기서도 한참을 놀았다. 다른 아이들도 모두 신기해하며 좋아했다. 프라이팬 위에 스테이크가 지글지글 구워지는 그림이 나타났다가 팍 사라질 때, 울긋불긋 별들이 뿜어져 나오니 얼마나 신기했을까! 사실 어른들에게도 인기 만점인 놀이터였다.

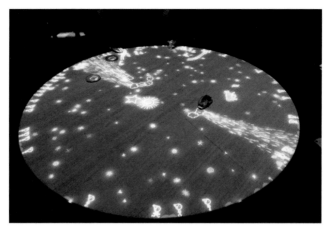
화려한 조명의 원통형 놀이터.

자연 주제관에는 조명으로 표현된 바닷속 생명체들이 떠다니고 있었다. 전시관 바닥에 거대한 고래가 유영하고 크고 작은 물고기들 그리고 수초가 여러 색채로 투영되어 있었다. 매우 신비스러운 느낌이었다.

또한 라이트 볼 오케스트라(Light Ball Orchestra) 코너에선 형광색 공들이 이리저리 굴러다니고 있었다. 어두운 실내에서 빛나는 크고 작은 공들이 예쁘면서도 신비롭게 보였다. 아들은 다양한 색상의 공들을 이리저리 굴려보며 재미있게 놀았다.

아름다운 라이트 볼의 향연.

우리 가족은 파워하우스 뮤지엄에서 미디어 예술의 창조자이자 소비자가 될 수 있었다. 세 식구 모두 시간 가는 줄 모르고 몰입했던 정말 독특한 경험의 장이었다.

6. 풀 향기 가득한 녹색 휴식처, 왕립 식물원과 하이드 파크

호주 한 달 살기를 하며 호주에 대해 놀랍고도 감사하게 느낀 것은 나무 숲이 우거진 대형 휴식공간들이 도시 곳곳에 배치되어 있다는 점이다. 달링 하버의 텀발롱 공원, 왕립 식물원(Royal Botanical Gardens)과 하이드 파크(Hyde Park) 모두 넓디넓은 녹색 지대로 사람들을 넉넉하게 품어준다. 더욱이 놀라운 것은 이들이 비즈니스 공간과 이웃해 있다는 점이다. 개발이란 이름으로 풀과 나무를 베어버리는 우리나라와는 달리, 거대한 공간을 시민들을 위한 휴식처로 양보해 둔 것은 참으로 위대한 결정이라 할 만하다.

시드니의 녹색은 왕립 식물원과 하이드 파크에서 극치를 이룬다. 숙소인 메리톤 켄트 스트리트에서 리버풀 스트리트(Liverpool Street)를 따라 10분 정도 동쪽으로 걸어가면 남북으로 길게 펼쳐진 직사각형 모양의 하이드 파크를 만날 수 있다.

큰 나무들이 숲을 이룬 이곳은 파크 스트리트(Park Street)에 의해 전체 면적의 거의 절반씩이 남북으로 나뉜다. 남쪽 아래에는 안작 메모리얼(ANZAC Memorial)이 있다. 1차 세계대전 때 영국연방군으로 참전했던 호주-뉴질랜드군을 추모하는 기념비다. 이곳은 안작 데이, 그러니까 호주의 현충일 행사가 시작되는 기점이기도 하다.

이 기념비에서 공원 안쪽으로 시원하게 뚫린 산책로를 따라 북쪽으로 올라가면 아치볼드 분수대(Archibald Fountain)가 나온다. 산책길 양옆으로는 나무숲이 무성하다. 걷는 내내 산림욕 느낌의 상쾌한 대기를 맛볼 수 있다. 육각형으로 조성된 이 분수대는 안작 기념비와 더불어 하이드 파크의 대표적 랜드마크로 가까운 거리에 세인트 제임스 역(St. James Station)과 시내버스 정류장이 있어서 늘 수많은 방문객이 쇄도한다.

산책로를 걷다 더위에 지칠 무렵 만나는 분수대는 싱그럽기까지 하다. 로마의 트레비 분수처럼 장대한 외양은 아니지만, 랜드마크 역할을 하기엔 부족함이 없다. 아들과 함께 도착했을 때는 분수대 앞에서 마음씨 좋아 보이는 호주 아저씨가 해적 후크 선장 모자를 쓰고 비눗방울을 만들고 있었다. 많은 아이가 둥둥 떠다니는 비눗방울과 흥겨운 장난을 쳤다. 아들도 예외가 아니었다. 한참 동안 땀을 뻘뻘 흘리며 쫓아다녔다. 너무도 재미있단다. 아저씨는 아이들에게 직접 비눗방울을 불어 보라며 자신의 방울채를 건네주기도 했다. 아이들이 불 때는 방울이 잘 만들어지지 않았다. 하지만 아이들은 그저 신기해하고 즐거워하는 눈치였다. 풀과 나무 냄새 가득한 공원에서 좋아하는 비눗방울과 노니, 아들은 그야말로 신명에 겨웠다. 아들에게 동전 몇 개를 쥐여 주었다. 아들은 고마운 비눗방울 아저씨 가방에 동전들을 조심스레 놓아두고 "쌩큐"하며 인사를 건넸다. 아저씨 역시 "쌩큐"하며 인사를 나눴다.

비눗방울 아저씨와 아이들.

아치볼드 분수대에서 북동쪽으로 방향을 틀어 프레이저 기념 분수대(Frazer Memorial Fountain)를 지나면 너른 잔디밭이 펼쳐진다. 여기서부터 예술과 자연이 공존하는 멋진 풍경이 시작된다. 이제 조금 더 올라가면 시드니 예술의 명소, 뉴 사우스 웨일즈 아트 갤러리가 아름다운 자태를 드러낸다. 왕립 수목원 근처 도메인 (Domain)에 위치해 있다. 1874년에 개관한, 호주 최대 규모의 갤러리다. 입구를 장식한 이오니아식 원주 기둥 여러 개가 고풍스러운 모습을 뽐낸다.

여기서 다시 아트 갤러리 로드를 따라 북동쪽으로 올라가면 드디어 왕립 수목원의 장관이 눈에 들어온다. 도시 빌딩숲 사이의 수목원이라니! 이 놀라운 꽃과 숲의 정원이 교외가 아닌 대도시 중심부에 있다는 것은 정말 대단한 일이다. 아기자기하게 피어난 다채로운 꽃들, 풍요로운 초록빛 잎사귀를 자랑하는 크고 작은 나무들! 정말 아름답고 평화롭기 그지없는 풍경이었다. 많은 사람이 천천히 거닐거나 나무 밑에 앉아 휴식을 즐기고 있었다. 우리 가족도 꽃 냄새와 나무 냄새에 묻혀 오후 시간을 보냈다.

나무 그늘에서 잠시 휴식을 마친 우리 가족은 왕립 수목원을 더 거닐었다. 어느 굵고 적당한 높이의 나뭇가지에 호주 아이들로 짐작되는 꼬마들이 줄을 지어 차례대로 올라가 한 사람씩 누워보고 내려왔다. 호기심이 생긴 아들도 해보고 싶어 했다. 아들을 들어

올려 나뭇가지 위에 엎드리게 하니, 아주 편안해했다. 나뭇가지를 안듯 엎드린 아들은 "나무야" 하고 속삭였다. 태어나서 처음 나뭇가지에 올라본 아들은 나무 냄새와 느낌이 좋다고 했다.

자연과의 경이로운 만남은 시드니 오페라 하우스(Sydney Opera House)까지 가는 내내 계속되었다. 수목원 서쪽으로는 시드니 음악원(Sydney Conservatory of Music)이 있다. 그리고 여기서 다시 북쪽으로 올라가면 저 유명한 오페라 하우스가 있으니, 왕립 수목원 일대는 예술의 보금자리라 해도 과언이 아니다. 자연과 예술이 함께 하는 멋진 곳이다.

오페라 하우스로 향하는 길에는 잔디가 무성한 구릉들이 존재한다. 엄마, 아빠는 그늘에 앉아 여유롭게 쉬어보고 싶었으나, 불가능! 숲을 좋아하는 아들은 다시 여기저기 뛰어다녔다. 엄마, 아빠는 아들 뒤꽁무니를 쫓느라 진땀을 흘렸다. 평평한 지면의 텀발롱 공원에 비해서 수목원은 부드러운 구릉이 있고 숲과 나무가 아주 잘 자라 있어, 훨씬 더 자연다운 느낌을 준다.

열심히 내달리던 아들은 키 큰 나무에 붙어 있는 낯선 물체들을 발견하곤 매우 신기해했다. 가만히 살펴보니, 매미 껍질들이었다. 엄마는 징그럽다고 피하고, 아들은 나뭇가지를 주워, 처음 보는 매미껍질을 만지작거리며 관찰했다. 박물관의 표본 같기도 하다면서

수가조조권 -우리 가족 호주에서 호주인처럼 한 달 살기

어떻게 이렇게 껍질만 남겨지는지 호기심을 보였다.

매미껍질과 한참을 놀던 아들은, 문득 한국에 계신 할머니, 할아버지가 보고 싶다고 했다. 그러면서 수목원의 깨끗한 공기를 할머니, 할아버지에게도 전해주고 싶다며 다 마신 물통의 뚜껑을 열어 공중에 여러 차례 휘저었다. 깨끗한 호주의 공기를 담으려는 것이다. 청정공기가 담긴 이 물통을 아들은 호주 한 달 살기 내내 정성을 다해 보관했다. 그러곤 한국에서 할머니, 할아버지를 뵈었을 때 고이 전해드렸다. 미세 먼지로 탁해진 한국 공기 대신 이 공기를 드세요, 하면서.

7. 시드니 오페라 하우스에 이런 놀이터가!

시드니 오페라 하우스(Sydney Opera House)로 향하는 수목원 북서쪽으로는 페리 선착장인 서큘라 키(Circular Quay)가 있고 동쪽 바닷가 쪽에는 산책로가 있다. 여기에는 바다를 바라볼 수 있는 유료 망원경이 몇 대 설치되어 있고 걷는 사람, 조깅하는 사람 그리고 자전거 타는 사람들이 뒤섞여 있었다. 그리고 츄츄 익스프레스(Choo Choo Express)라는 꼬마 기차가 방문객들을 태우고 돌아다녔다. 잔디밭 구릉 일부에는 총독관저(Government House)가 웅장한 모습으로 바다를 향해 자리해 있었다. 매우 인상적인 모습이었으나 우리 가족은 서둘러 산책로로 내려왔다.

수목원 잔디를 내려와 산책로로 들어서자 오페라 하우스가 잘 보였다. 하지만 아들은 저 멋진 건물보다는 망원경에 더 관심을 보였다. 동전 몇 개를 넣어 망원경을 작동시켜 바다를 바라보았다. 저 멀리 유람선을 발견하곤 신이 났다. 매우 더운 날씨였으나, 산책로엔 바닷바람이 불어와 땀을 말리고 더위를 식히기에 좋았다. 망원경 놀이를 마친 아들은 그제야 오페라 하우스로 걸음을 옮겼다.

온통 하얀색으로 빛나는 시드니 오페라 하우스는 장관, 그 자체였다. 조개껍데기와 요트의 돛을 닮은 지붕은 유일성을 자랑한다. 사진이나 영상으로 접하다 실제 눈앞에서 보니 오히려 비현실적이었다. 1950년대에 전 세계 건축가를 대상으로 설계를 공모한 것이 그 기원이다. 덴마크의 건축가 요른 웃손의 '파격적' 설계도가 '위험'을 무릅쓰고 선정된 후 우여곡절 끝에 1973년이 되어서야 오늘의 모습으로 개관할 수 있었다. 시대를 앞서간 저 엄청난 파격이 큰 논란을 일으켰던 것 같다. 호주를 대표하는 오페라 오스트렐리아(Opera Australia), 시드니 씨어터 컴퍼니(Sydney Theater Company), 시드니 심포니 오케스트라(Sydney Symphony Orchestra) 등 굵직한 예술단체가 오페라 하우스에 둥지를 틀고 있다. 2007년에 유네스코 세계문화유산으로 지정되었고 해마다 8백만 명 이상의 사람들이 공연 또는 관광의 목적으로 방문한다고 한다. 역시 호주, 시드니 하면 떠오르는 최고의 장소임엔 틀림없다.

우리 가족도 다른 방문객들처럼 둥글면서 뾰족한 지붕을 배경으로 그야말로 인생사진을 남겨보려 여러 차례 사진을 찍어 보았다. 계단 밑에서도 찍어보고 중간쯤에서도 찍어보고 애를 썼지만 마음에 드는 사진을 얻기는 쉽지 않았다.

꽤 먼 거리를 걸어와 다리가 아프던 참에, 건물 외부 한 켠의 휴식 공간을 발견하곤 자리를 잡았다. 그런데 놀랍게도 여기에도 아이들을 위한 작은 놀이터가 있었다. 공연장에 놀이터라니! 어린이와 가족에 대한 배려가 다시 한번 느껴졌다. 이 놀이터엔 미끄럼틀 같은 부피 큰 기구들이 있는 것은 아니고, 모래밭에 작은 모형 배와 밧줄 등이 자연스럽게 놓여져 있는 정도였다. 몇몇 현지 아이들이 놀고 있었고 그 부모들로 보이는 사람들은 음료수를 마시며 한숨 돌리고 있었다.

시드니 오페라 하우스의 작은 놀이공간.

아들은 조금 놀더니 지쳐하는 모습이었다. 한번 외출하면 어지간해선 먼저 집에 가자고 조른 적이 없던 아들은 이제 집에 가서 쉬고 싶다고 했다. 우리 가족은 서큘라 키를 오른쪽에, 왕립 수목원을 왼쪽에 두고 맥쿼리 스트리트(Macquarie Street)를 따라 터벅터벅 걸어서 내려왔다. 수목원의 나무 냄새가 짙게 감돌았다. 아들은 너무 힘들어했다. 다행히 풀맨 호텔 근처에 손님을 대기 중인 시내투어 2층 버스가 있어 올라탔다. 엄마, 아빠도 적잖이 지쳤던 때라 자리를 잡고 나니 안도감이 들었다. 차 안에서 살짝 잠이 들었다 깬 아들은 매미껍질을 보아서 너무 좋았단다. 자연 속에서 놀고 난 후 얼굴이 해맑아진 아들의 모습을 보니 무리해서라도 호주에 오길 잘했구나, 하는 마음이 들었다.

8. 동물과 함께하는 자연 속 놀이터, 타롱가 동물원

타롱가 동물원(Taronga Zoo)은 1916년에 오픈한 유서 깊은 곳이다. 이 동물원은 세 가지 차원에서 인상이 깊은데, 첫째, 최대한 인공을 배제한 자연 친화적 공간 구성, 둘째, 동물원 내 어린이를 위한 놀이시설, 셋째, 입구까지 케이블카를 타고 진입하는 특이성이 그것이다.

동물원으로 가기 위해 우리 가족은 시드니 서큘라 키(Circular

Quay) 와프 4(Wharf 4)에서 페리 F2를 탔다. 페리 외에 사설 크루즈를 이용해서도 갈 수 있고, 버스 등 육상으로도 접근이 가능하다. 페리에서 내리면 동물원 입구까지 올라가는 케이블카와 버스가 기다리고 있다. 걸어서 올라갈 수도 있는데, 동물원 관람을 위한 체력 안배를 생각하면 케이블카 혹은 버스를 이용하는 것이 현명할 것이다.

우리 가족은 경치 감상을 위해 케이블카로 이미 정해 두고 예약을 진행했다. 매우 탁월한 선택이었다. 케이블카를 타고 이동하는 동안 발밑 숲속으로 다양한 동물들의 모습이 눈에 들어왔다. 경이롭기까지 한 장관이었다. 헬리콥터나 경비행기를 타고 아프리카 대륙을 감상한다면 이런 모습이었을까? 케이블카의 이름이 왜 스카이 사파리(Sky Safari)인지 알 수 있었다. 동물원 입구에 도착할 즈음이면, 케이블카를 더 타고 싶다는 아쉬움이 들 정도다. 탑승권은 사전에 구매한 동물원 입장권에 포함되어 있으니, 케이블카를 타고자 한다면 먼저 입장권을 확보해 둘 필요가 있다.

동물원은 원래 동물들이 살던 터전을 그대로 옮겨 놓은 듯 매우 자연적인 느낌을 준다. 이 점이 큰 매력이다. 아들은 특히 고릴라와 기린을 좋아했다. 기린은 마치 초원 위에 가까이 있는 것처럼 공간이 조성되어 있다. 고릴라 우리에는 고릴라의 모습을 본뜬 몇 개의 조형물이 있어 재미를 배가시켜 준다.

동물원 내부에는 아이들이 좋아할 작은 놀이터가 몇 군데 있다. 쉬었다 가기 좋은 곳들이다. 놀이터에는 이미 몇몇 아이들이 재미있게 놀고 있었다. 아들은 놀이터에서 이들과 어울려 잠시 놀기도 했다. 특히 동물 화석 찾기는 아들이 크게 관심을 보였던 곳이다.

동물원 개방시간은 오전 9시에서 오후 5시인데, 우리 가족은 11시쯤 도착해 동물원이 제공하는 여러 프로그램을 제대로 만끽하지 못했다. 넓은 공간에 볼거리, 체험거리가 많은 만큼, 한 번 방문으로는 부족했다. 다음에 다시 간다면 꼭 연간회원권(Annual pass)을 구입해 볼 요량이다. 1회 입장권이 40불이 넘는데 연간권은 99불에 타롱가 동물원은 물론 호주 내 다른 동물원까지 무제한 입장이 가능하다. 또 동물원 내 카페, 레스토랑, 기념품 숍 등에서 10% 정도 할인도 받을 수 있으니 훨씬 경제적일 수 있다. 우리 가족이 경험하진 못했지만, 팻어펫(Pat a Pet), 팜 애니멀 워크(farm animal walk)와 같이 작은 동물들과 만나는 아동용 프로그램이 유명하고 나무와 나무 사이에 로프를 연결해 안전모와 자일을 착용하고 건너거나 플라잉 폭스(집라인)를 탈 수 있는 와일드 로프(Wild ropes)도 재미있어 보인다. 와일드 로프는 유료 프로그램으로 연간권 소지 시 20% 할인된다.

9. 거리공연으로 북적대는 서큘러 키

　서큘러 키(Circular Quay)는 시드니 CBD 북쪽 끝자락에 자리한 페리 터미널이자 시드니 시내 순환선 철도역이기도 하다. 타롱가 동물원, 맨리 비치 등을 오가는 페리의 선착장이기도 하며 주변에 현대미술관, 공원, 카페, 레스토랑이 즐비한 대표적 명소이다. 이곳에서 산책로를 따라 오페라 하우스, 왕립 수목원, 하버 브릿지 등으로의 접근이 가능하다. 서큘러 키에선 오페라 하우스와 하버 브릿지가 아주 잘 보인다. 항상 사람들로 북적대며 거리의 공연자들이 연주, 마술쇼, 서커스 등을 선보이고 있다.

　우리 가족은 타롱가 동물원 이동을 위해 가보았다. 와프 근처에서 호주 원주민이 민속악기 디제리두를 신명나게 연주하고 있었다. 잠시 서서 음악을 감상하고 아들은 감사의 표시로 동전 몇 개를 드렸다. 원주민 아저씨는 아들에게 오라고 손짓하더니 함께 사진을 찍을 수 있게 도와주었다. 와프 건너편 고가

서큘러 키의 원주민 연주자와 함께 찰칵!

도로 아래에선 캐나다에서 왔다는 청년이 큰 목소리로 사람들을 즐겁게 해주면서 서커스를 선보이고 있었다.

▶ 아니, 이런 일이? ① 시드니 국제공항에서 동료 교수를 만나다

세상은 참 좁고 좁음을 귀국행 비행기를 기다리던 시드니 국제공항에서 경험했다. 그것도 매우 놀랍도록! 항공기 탑승을 위해 게이트 앞에서 대기 중일 때였다. 소변이 급한 아들 손을 잡고 화장실을 찾아가던 길이었다. 탑승 대기자 줄 뒷부분에 낯익은 얼굴이 눈에 확 띄었다. 아빠 학교 같은 단과대학, 그것도 아빠 연구실 옆에 옆방에 계시는 원로 교수분이 떡하니 서 계셨던 것이다. 그분도 아빠를 발견하곤 자못 놀라는 표정이셨다. 아니 어쩌면 믿기지 않는다는 표정이 서로에게 더 강했을 것이다. 그분도 놀라시고 아빠도 놀라면서 서로 인사를 나눴다. 아내 분과 다른 나라를 여행하시고 시드니를 경유해 한국으로 돌아가시는 길이란다. 아들도 공손히 인사를 드리고 얼른 화장실을 다녀왔다. 그런데 우연(?)은 때론 짓궂기까지 하다. 아이 동반 가족 우선 입장 덕에 일찍 항공기에 올라 자리를 잡고 있는데, 두 분이 우리 좌석 쪽 통로로 들어오시는 게 아닌가! 아빠는 엄마에게 혹시 우리 앞이나 뒷자리 아냐? 하며 농담조로 속삭이듯 말을 건넸다. 그런데 아니나 다를까! 두 분은 우리 가족 바로 앞 좌석에 멈춰서서 번호를 확인하시곤 그대로 앉으시는 것이었다! 오우! 세상에 이런 일이! 시드니에서 인천공항까지 10시간여의 비행이 이처럼 조심스러울 줄이야 꿈에도 몰랐다. 그분도 그러셨겠지?

▶ 시드니 대중교통은 이것 한 장으로, 오팔카드(Opal Card)

시드니의 주요 대중교통 수단으로는 버스, 페리, 지하철(metro), 트레인(train), 그리고 경전철(light rail)이 있다. 이들은 시드니 시내는 물론 인근 도시까지 연결되어 있어 한번 친숙해지면 다니기에 매우 유용하다. 이러한 대중교통을 이용하기 위해서는 우리나라 교통카드와 유사한 오팔카드를 구입하는 것이 여러모로 편리하다. 이 카드로 시드니에서 블루 마운틴은 물론 본다이 비치도 오갈 수 있다. 우리 가족도 체스우드에서 시드니를 오갈 때, 그리고 시드니에서 타롱가 동물원을 오갈 때 오팔카드를 이용했다.

호주를 대표하는 보석 오팔을 교통카드 이름으로 쓴 것이 인상적이다. 구입은 편의점(주로 세븐일레븐)과 뉴스 에이전시(신문, 잡지, 복권 등을 판매하는 간이업소)에서 현금이나 신용카드로 결제 가능하고 구입과 동시에 충전(top up)을 해야 하므로 카드 자체에 대한 구입비는 없다. 지하철역에서는 카드 구입이 불가능하고 오직 충전만 가능하니 유의해야 한다. 충전한 금액에서 사용할 때마다 일정 금액씩 차감된다. 최소 충전액은 성인권 10불, 소아권은 5불이다. 탑승 전에 반드시 오팔 기계에 탭 온(tap on)하여 읽히고 하차 시에도 기계에 카드를 읽혀 탭 오프(tap off) 해야 한다. 1시간 이내에 버스와 지하철 환승이 가능하지만, 페리와 경전철의 경우는 불가하니 또한 주의를 요한다. 시드니에서 2회 이상 대중교통 수단을 이용할 것이라면 반드시 오팔카드를 사용하는 것이 유리하다. 일주일(월요일에서 일요일)에 8회 이상 이용했을 경우, 이후부턴 트래블 리워드라 해서 50% 할인이 적용된다.

하지만 시드니 공항으로 갈 때는 오팔카드 이용이 불리하다. 시드니의 공항(국제, 국내 모두) 진입에는 공항역 접근세(Sydney Airport Station Access Fee)가 부과되기 때문이다. 성인의 경우 15불 정도 한다. 따라서 공항으로 이동 시에 동반자가 있을 경우 우버나 택시를 이용하는 것이 보다 경제적일 수 있다. 또한 시드니 공항에서 오팔카드를 구입할 때는 최소 충전액이 35불이어서 차후에 대중교통 수단 이용이 빈번하지 않다면 그만큼 손해일 수 있음에 유의하자.

제2장
브리즈번에서 행복을 더하다

1. 도마뱀과 놀아 볼까? 로마 스트리트 파크랜드

퀸즐랜드 주의 주도이자 인구 220만이 넘는 호주 내 세 번째 규모의 도시 브리즈번. 이곳은 우리 가족 세 번째 한 달 살기의 주요 거처였다. 여기에선 무엇보다 예쁘고 멋진 로마 스트리트 파크랜드(Roma Street Parklands)가 우리 가족을 반겨주었다. 약 40,000평에 이르는 엄청난 규모에 놀이터, 정원, 수목원, 산책로, 연못, 분수대, 카페, 그리고 야외극장이 마치 휴식과 위안의 종합선물세트처럼 갖춰져 있다. 숙소인 메리톤 허쉘 스트리트에서 도보로 10분 정도면 도착한다. 바로 길 건너편이다.

공원에 들어서면 진한 피톤치드 향기가 코를 자극한다. 정말 가슴이 뻥 뚫릴 정도로 강하다. 우거진 나무숲과 다양한 꽃들이 뽐

어내는 자연의 선물이다. 미세 먼지로 고통받는 우리나라에선 좀처럼 만나기 힘든 숲의 풍요로운 기운을 한껏 들이마셔 본다. 푸르른 하늘 아래 넘실대는 꽃과 나무의 향기가 눈에 보일 듯, 손에 잡힐 듯 온몸으로 스며든다. 한마디로 축복의 시간, 그것이다. 산을 좋아하는 우리 가족이 한동안 잊고 살았던 자연의 소중함을 이곳에서 다시 만끽할 수 있었다.

호주의 여느 공원과 마찬가지로 이곳 역시 아이들을 위한 배려, 가족을 위한 배려가 돋보였다. 곳곳에 호기심을 자극할 흥미로운 요소들이 깃들어 있다. 놀이터는 아이들 성장단계를 반영해 유아용과 소아용으로 나뉘어져 있고, 주변엔 토마토, 오이, 호박, 가지를 본뜬 귀여운 조형물들이 산재해 있다. 아이들은 놀이터에서 놀다가 조형물로 이동해 어루만지기도 하고 때론 올라타면서 흥겨워했다. 아들도 마찬가지였다.

로마 스트리트 파크랜드 이정표.

숲속에 자리 잡은 어린이 놀이터들.

숲속의 이 멋진 놀이터에서 아들은 현지 아이들과 어울려 신나는 시간을 보냈다. 아빠도 살짝 무서운 느낌이 드는 구름다리를 잘도 건너다니고 경사 가파른 미끄럼틀도 문제없이 타고 놀았다. 아들은 질서정연하게, 위험하지 않게, 주변 친구들에게 양보하면서 잘 놀았다. 한국에 있을 때와는 다른 모습이었다.

옷이 다 젖을 정도로 땀을 흘린 아들의 다음 코스는 수목원이었다. 흐드러지게 핀 예쁜 꽃과 연못으로 꾸며진 수목원은 왠지 친근한 느낌이었다. 여기서 아들이 가장 좋아한 것은 작은 공룡같이 생긴 이스턴 워터 드래곤(Eastern Water Dragon)이었다. 수목원 곳곳에서 수시로 눈에 띄었다. 아들은 살짝 무서워하기도 하면서 신기해하며 가까이 다가갔다. 그럴 때면 드래곤은 조용히 멈춰있다가 잽싸게 숲속으로 몸을 숨겼다. 아들뿐 아니라 다른 아이들도 이 도마뱀에 관심을 보이며 쫓아다니는 모습이 귀여웠다.

작은 공룡 같은 이스턴 워터 드래곤.

수목원 아래쪽으로는 너른 잔디밭이 펼쳐져 있었다. 공놀이하기에 아주 좋은 곳으로 보였다. 여기서 좀 더 걸어 나가면 분수대와 야외공연장이 눈에 들어온다. 이곳에는 많은 사람이 모여 이벤트를 즐기곤 했다. 음악을 들으며 음식을 먹고 와인을 마시는 호주인들. 따사로운 햇살 아래 삼삼오오 모여 있는 그들의 모습이 매우 평온해 보였다.

2. 브리즈번 페스티벌과 대규모 불꽃놀이

브리즈번 강 남쪽 지대인 사우스뱅크는 퀸즐랜드 문화예술의 중심부다. 여기엔 퀸즐랜드 박물관(Queensland Museum), 퀸즐랜드 아트 갤러리(Queensland Art Gallery), 퀸즐랜드 공연센터(Queensland Performing Arts Centre), 퀸즐랜드 주립 도서관(State Library of Queensland) 등이 밀집되어 있다. 이에 더해 브리즈번의 대표적 랜드마크 휠 오브 브리즈번(Wheel of Brisbane) 대회전 관람차도 이웃해 있고, 아이들을 위한 멋진 놀이터 사우스뱅크 파크랜드(Southbank Parklands)도 있다.

사우스뱅크는 나아가 축제의 전당으로도 유명하다. 남반구를 대표하는 문화예술축제 브리즈번 페스티벌(Briabane Festival)의 메인 행사장이 바로 이곳이다. 우리 가족이 방문했을 때도 행사가 한창이었다. 강변을 따라 마련된 다채로운 조형물과 부스에는 방문객들로 북적였다. 행사장 곳곳의 부스를 방문하는 것은 큰 재미였다. 이 조형물들은 자유롭게 만지고 올라갈 수 있도록 완전히 개방되어 있었다. 그러다 보니 아이들에겐 놀이터 역할을 했다. 호주 아이들이 너 나 할 것 없이 조형물에 매달리며 놀고 있었고 아들도 빠질세라 합류했다. 축제 기간 동안 숙소인 메리톤에 매일 많은 사람이 체크인/아웃으로 붐볐던 것은 바로 이 축제 때문이었다. 프런트에 물어보니 멀리 멜번, 퍼스 등에서도 축제를 보러 온다고 하며 축제 시즌에는 늘 만실이라고 했다. 우리 가족은 몇 개월 전에 미리 예약을 해두었기에 별 어려움 없이 객실을 확보할 수 있었던 것이다.

3주간에 걸친 축제의 마지막 날이다. 역시 여기서도 축제의 대미는 불꽃놀이! 브리즈번 페스티벌의 불꽃놀이는 매우 규모가 큰 것이 특징이다. 브리즈번 사람들 사이에선 이 불꽃놀이를 보지 않으면 페스티벌을 보았다고 말할 수 없다고 한다. Sunsuper Riverfire가 공식 명칭. 우리 가족은 시간에 맞춰 불꽃놀이 관망 명소인 쿠릴파 브릿지(Kurilpa bridge)로 나갔다. 호주에 있는 동안 가장 늦은 시간의 외출이었다. 메리톤 옆에 있는 이 보행자 전용 다리에는 이미 수많은 사람으로 가득했다. 빈틈이 거의 없는 다리 위에 서서 우리 가족은 오랫동안 불꽃의 환희를 맛보았다. 남쪽과 북쪽 강변의 고층 건물에도 폭죽을 장치해 불꽃을 쏘아 올리고 강 위의 바지선 여러 척에서도 폭죽이 발사되는 등 천지 사방을 컬러풀한 불꽃으로 가득 채웠다. 최고의 불꽃 쇼였다. 폭죽의 다채로움, 전체적 구성, 진행 시간 모두 지금까지의 불꽃놀이와는 차원이 달랐다. 다시 한번 브리즈번에 갈 수 있다면, 꼭 이 축제 기간에 맞춰보리라 생각했다.

축제가 끝나기 며칠 전이었다. 하루는 발코니를 내다 보는데 유리창 너머 저 멀리 하늘에서 검은 물체가 숙소 건물을 향해 날아오는 것을 목격했다. 물체는 점점 더 가까이 빠른 속도로 그대로 박치기를 할 듯 날아왔다. 검은색 거대한 군용 수송기였다. 숨이

탁 막히는 순간이었다. 어? 어? 저건 뭐지? 그 순간 너무도 놀라고 당혹스러워, 어떻게 대처해야 할지 몰랐다. 가족들을 데리고 계단으로 뛰어 내려가야 하나? 정신이 혼미해질 정도였다. 이러지도 저러지도 못하고 머뭇거리는 동안 다행히도 비행기는 메리톤 옆을 스치듯 지나갔다. 휴… 그 짧은 시간의 엄청난 충격이란….

나중에 뉴스를 보니 이는 브리즈번 페스티벌 종료행사의 하나인 에어쇼 예행연습이었다고 한다. 축제 마지막 날 불꽃놀이 시작 전에 호주 공군 비행대가 에어쇼를 펼치고 그 하나로서 수송기가 브리즈번 시내 건물 사이로 날아가는 쇼를 펼친다는 것이다. 좀 이해하기 어렵긴 했지만, '지나치게' 독특한 것 잘 보았네, 하며 위안했다. 혹시 이 광경이 궁금한 독자분들은 구글에서 brisbane festival raaf로 검색해 보시길. raaf는 royal australian airforce로 왕립 오스트레일리아 공군의 약자이다. 검색 결과 중 www.news.com.au를 클릭하면 동영상이 나오고 이 영상 속 오른쪽의 흰색 고층 건물이 바로 메리톤이니 한번 재미 삼아 보길 추천한다.

3. 인공해변과 놀이터의 만남, 사우스뱅크 파크랜드

사우스뱅크 파크랜드(Southbank Parklands)는 아이가 있는 가족을 위한 최적의 장소다. 독보적인 콘텐츠 덕분이다. 가장 우선적으로 거론하고 싶은 것은 스트리츠 비치(Streets Beach)라 부르는 인공 해변. 호주 유일의 인공 해변으로, 어설프게 바다 흉내를 낸 곳이 절대 아니다. 진짜 바닷물을 정수한 깨끗한 물이 공급되는 650평 규모의 비치다. 여기에 인근 모레톤 베이에서 퍼온 모래를 소독해 남녀노소 누구나 즐길 수 있게 철저히 관리하고 있다. 브리즈번 시는 매년 70톤에 이르는 신규 모래를 보충한다고 한다. 주변에는 이국적인 아열대성 식물들이 무성하게 숲을 이루고 있어 마치 남국의 바다처럼 분위기가 살아있다.

이 비치를 중앙에 두고 양옆에는 아이들을 위한 수영장과 놀이터가 펼쳐져 있다. 먼저 스플래시 패드가 눈에 들어온다. 유아에서 초등학교 저학년의 아이들이 신나게 놀 수 있는 곳이다. 바닥에서는 다양한 모양의 물줄기가 쉬지 않고 뿜어져 나온다. 뿐만 아니라 편안하게 물장구를 칠 수 있는 적당한 깊이의 물웅덩이가 있어 매력을 더한다. 옆으로는 시냇물이 흐르고, 이를 따라 좀 더 올라가면 뜻밖에도 중국의 공자 동상이 나온다.

스플래시 패드 일부 구역에는 지붕이 설치되어 있어 따가운 햇살을 피해 놀 수 있다. 아들은 스트리츠 비치보다 이곳을 더 좋아했다. 비치에는 어른 아이 할 것 없이 너무도 많은 사람이 들어차 있어 부담스러웠다. 역시나 아이들에겐 이런 물놀이터가 제격인 듯하다. 아들은 아주 긴 시간을 이곳에서 보냈다. 중간에 현지 아이들과 어울려 놀기도 하면서 흥겨운 시간을 보낼 수 있었다.

비치의 다른 쪽 옆에는 보트 풀(Boat Pool)이라는 수영장이 있다. 우리 가족이 갔을 때, 초등학교 고학년쯤 돼 보이는 호주 아이들 가족이 공놀이를 즐기고 있었다. 아들이 흥미로운 표정으로 바라보니, 호주 엄마가 아들에게 같이 놀자고 초대했다. 아들은 와아, 생큐! 하며 인사를 하고 물속에 풍덩 들어가 말도 안 통하는 호주인 가족과 함께 공 던지기를 했다. 친절한 호주 엄마와 자녀들이

사우스뱅크 파크랜드의 수영장.

아들에게 적당한 높이와 속도로 공을 던져 주었다. 아들은 물속을 첨벙첨벙거리며 걸어가 공을 받고 호주 형과 누나 그리고 아주머니에게 다시 던져 주기를 반복했다. 엄마, 아빠와도 못 해봤던 수중 공놀이를 아들은, 호주 가족들과 즐겼다. 친절했던 호주인 가족이 작별인사를 하고 떠나자 아들은 잠시 시무룩해 했다. 그러다 심기일전하러 수영장 건너편의 놀이터로 자리를 옮겼다.

이 놀이터 또한 매우 멋진 곳이었다. 타는 면이 꽤 넓은 미끄럼틀이 있고, 이 옆으로는 암벽등반 시설이 있었다. 아들은 확 뛰어올라 튀어나온 그립을 잡고 힘을 다해 정상까지 올라갔다. 몇몇 아이들과는 시합이라도 하듯 서로 "Go!"를 외치며 올라다녔다. 정상에는 쇠 그물로 만든 정글짐이 설치되어 있는데, 아이들 담력을 기르기에 좋아 보였다. 놀이터 아래쪽에는 다람쥐 쳇바퀴 같은 커다란 원통형 놀이기구가 있다. 이것도 아이들에게 꽤 인기 있었다. 안에 여러 명의 아이가 들어가 누우면 밖에 있는 아이들이 통을 돌린다. 그러면 통속의 아이들은 몸이 거꾸로 뒤집히는 데도 신나했다. 아들은 호주 아이들과 어울려 깔깔대고 낄낄대며 신나게 몸을 굴렸다.

배도 많이 고프고 해가 서서히 지기 시작하기에 더 놀고 싶다는 아들을 겨우 설득해, 산책로를 따라 걸어 나왔다. 어디선가 독일풍의 음악소리와 사람들의 환호성이 들렸다. 소리 나는 곳을 찾아가 보니 사우스뱅크 비어 가든이라는 곳에 많은 사람이 둘러앉아 다들 맥주와 소시지를 먹고 있었다. 알고 보니 해마다 열리는 옥토버 페스티벌이란다. 독일게 사람들이 많이 사는 것인지 브리즈번에 지구 반대편 독일의 전통 축제가 열리고 있어서 신기했다. 알고 보니 멜번, 시드니, 퍼스, 브리즈번 등지에서 매년 옥토버 페스티벌이 열린다고 한다. 신나는 독일풍 음악을 뒤로하고, 우리 가족은 인근 베트남 음식점에서 간단히 요기했다.

브리즈번의 옥토버 페스티벌.

　가벼운 저녁 식사를 마친 우리 가족은 스마트폰으로 우버를 불렀다. 호주에선 처음으로 아주 새 차가 반짝반짝 우리에게 윙크를 보내며 대기하고 있었다. 친절한 우버 기사 아저씨는 사우스뱅크 파크랜드와 브리즈번에 대한 우리의 소감을 물었다. 아들이 놀기에 너무도 훌륭한 곳이며 가족 모두 이 멋진 공원에 놀랐다. 그리고 브리즈번은 작지만 편안해서 언젠가 꼭 다시 찾고 싶다고 응답했다. 브리즈번 토박이로서 일본인과 결혼해서 살고 있다는 아저씨는 브리즈번은 너무도 지겹고 답답한 곳이라 했다. 그래서 자주 해외로 떠날 궁리를 한단다. 서로의 경험과 입장에 따라 같은 곳을 평가하는 생각이 극명하게 갈라져, 서로가 깜짝 놀라면서도 공감을 주고받았다. 한국 대중문화에도 관심이 많아 꼭 한국을 방문하고 싶다는 말을 나누며 우리 가족은 우버에서 내려 숙소로 돌아왔다. 편안한 저녁 시간이 흐르고 있었다.

4. 여기에도 놀이터가! 브리즈번 시립식물원

브리즈번의 숙소 메리톤 허쉘 스트리트에서 조지 스 트리트를 따라 동남쪽으로 약 2㎞ 남짓 걸어가면 브리 즈번 시립 식물원(Brisbane City Botanic Gardens)이 등장 한다. 이곳도 우리 가족이 즐 겨 찾은 추억의 장소다. 원래 는 1865년에 여왕의 공원 (Queen's Park)이란 이름으로 개장한 곳이다. 우선 그 면적 이 대단하다. 18만 평이 넘 는 확 뚫린 대지에 수령이 수 백 년은 됨직한 거대한 나무

시립식물원 담장의 옛 퀸즈파크 현판.

들과 넓은 풀밭 그리고 각양각색의 꽃이 가득하다. 잔디밭 한쪽에 서는 여러 사람이 모여 단체로 운동을 하는 모습도 보였다. 작은 공룡처럼 생긴 이스턴 워터 드래곤은 셀 수 없이 자주 보였고, 연 못에는 어른 팔뚝보다 더 큰 물고기들이 넘쳐났다.

이런 식물원에도 빼놓지 않고 아이들을 위한 놀이터가 존재한다.

대규모 놀이터는 아니지만, 아이들이 놀기엔 충분한 공간이었다. 여기엔 다른 곳에선 볼 수 없는 도레미파솔라시도 소리를 내는 쇠기둥이 몇 개 세워져 있다. 기둥에 매여져 있는 단단한 고무망치로 몸체를 치면 예쁜 소리가 난다. 아이들은 서로 경쟁하듯 달려가 망치로 신나게 소리를 내며 논다. 아들 역시 쇠기둥이 내는 멋진 소리에 이끌려 아이들과 열심히 두들기며 놀았다. 또 이곳에서 만난 호주 꼬마 아이와 의기투합해 한참을 함께 놀았다. 이윽고 친구가 떠나자 다른 아이를 만나 함께 그네를 타며 재미난 시간을 보냈다. 말도 안 통하면서 서로들 잘 노는 아이들은 언제 보아도 신기했다.

자연 속의 시립식물원 놀이터.

이 놀이터를 두 번째로 방문했을 때는, 아이들을 데리고 나온 한국인 엄마들이 꽤 있었다. 아마도 근처에 한국인들이 사는 타운이 있는가 보다. 엄마는 그중 한 아이의 엄마와 대화를 나눴다. 이곳에 온 지 몇 년 되었고, 무엇보다도 깨끗한 공기에 감사하면서, 그리고 좋은 놀이시설에 감사하면서 산다고 했다. 우리 가족이 이곳에서 느끼는 것을 이곳에 몇 년 산 한국인 엄마도 비슷하게 느끼고 있어 뭔가 통하는 기분이었다.

아들은 저녁노을이 붉어질 때까지 신나게 놀더니 먼저 집으로 돌아가길 청했다. 지친 아들을 등에 업고 숙소로 돌아왔다. 발코니에 세 가족이 둘러앉아 늦은 저녁 식사를 했다. 부드러운 바람이 테이블을 스치며 지나갔다.

5. 호주 누나와 게임을, 브리즈번 시청과 킹 조지 광장

브리즈번 시청(Brisbane City Hall)과 그 앞 킹 조지 광장(King George Square)은 하루에 한두 번씩은 지나다닌 곳이다. 로마 스트리트를 따라 CBD의 슈퍼마켓이나 한인 마트로 장 보러 가는 길목에 위치해 있어서다. 킹 조지 광장은 각양각색의 이벤트가 펼쳐지는 무대이기도 하다. 거의 매일 서로 다른 행사들이 열렸던 것 같다. 한때는 중학생쯤 되어 보이는 호주 여학생 여럿이 광장에서 춤을 추고 있었는데, 음악이 뭔가 익숙한 느낌이었다. 귀를 쫑긋하고 들어보니 놀랍게도 한국의 아이돌 노래였다. 호주 브리즈번 중심가에서 호주 여학생들이 한국 음악에 맞춰 춤을 추다니! K팝의 파급력에 놀란, 적잖은 문화충격(?)이었다.

어느 날은 라디오 방송국에서 나와 홍보행사를 벌이고 있었다. 방송국 관계자들은 부스에서 게임과 놀이를 하며 사람들을 불러 모았다. 트리플 M이라는 음악 전문 방송국에서는 아이들이 좋아할 보드게임과 주머니 던지기 게임을 준비하고 있었다. 이런 흥밋거리에 관심이 많은 아들은 그냥 지나치지 않았다. 눈이 동그래진 아들은 와락 달려가 직원 누나에게 "메이 아이(may I)? 메이 아이(may I)?"를 연달아 외쳤다. 친절한 호주 누나는 말도 통하지 않는 아들을 이끌며 게임을 진행했다. 신이 난 아들. 끝날 무렵에 누나가 스티커와 열쇠고리 기념품을 챙겨주자 아들은 더욱 기분이 좋아졌다. 누나에게 어설픈 발음으로 "생큐 베리 머치" 인사를 하곤 의기양양한 미소를 지은 채 다시 거리로 나섰다. 누나도 아들에게 "큐트, 큐트"를 연발하면서 "바이, 바이" 인사를 해주었다.

호주 누나와 게임을 즐기는 아들.

광장 한쪽엔 르네상스 양식의 고풍스러운 건물이 들어서 있다. 정문 양옆에 사자상이 서 있는 이 건물은 브리즈번 시청이다. 청사 내부에 브리즈번 박물관이 있는 구조여서 박물관을 찾을 때 헷갈릴 수 있다. 여기선 브리스토피아(Bristopia)라는 행사가 열리고 있었다. 브리즈번(Brisbane)과 유토피아(Utopia)를 결합한 표현으로 시의 번영을 기원하는 행사였다. 준비된 종이를 접어 집이나 건물 모형을 만들 수 있고, 인터랙티브 모니터에 축하 메시지를 남길 수 있었다. 아들은 직접 종이를 접어 건물 몇 가지를 만들었고, 컴퓨터 모니터엔 '아이 러브 브리즈번'이란 메시지를 입력해 두었다. 고색창연한 건물 안에서 디지털 기술과 만난 독특한 시간이었다.

브리즈번 시청에서 축하 이메일을 그려 넣는 아들.

6. 넘치는 활력의 센트럴 비즈니스 디스트릭트

브리즈번 CBD(central business district) 일대는 마치 한국의 종로나 대학로 같은 분위기다. 중앙의 꽤 넓은 인도는 늘 남녀노소 할 것 없이 많은 사람으로 붐볐고, 인도 양옆으로는 크고 작은 상점들이 무수히 이어져 있었다. 종종 거리의 음악회도 열리고, 기업들의 홍보행사도 펼쳐진다. 하루는 크리스피 도넛에서 프리 도넛 티켓을 나눠주며 사람들을 모았다. 아들과 아빠는 각각 한 장씩 받아 들고 쇼핑몰 안의 가게에서 무료 샘플을 받아 맛있게 먹었다.

CBD 일대를 거닐다 보면 한국인을 비롯한 동양인들이 많이 보인다. 특히 워킹 홀리데이로 진출한 한국 청년들이 대거 상업시설에서 일을 하고 있다. 게다가 한국어 간판을 내건 식당이나 미용실도 자주 눈에 띈다. 거리의 풍광이 낯익은 한국적 느낌이어서 그런지 다른 외국의 거리에 비해 이질감이 덜하다. 그리고 곳곳에 일본식 스시롤을 파는 가게가 무척 많은 것이 특이했다. 쇼핑몰 푸드코트에도 꼭 몇 군데씩 있었다. 이곳에선 꽤 인기 있는 음식인 것 같다. 어느 가게든 늘 사람들로, 특히 호주인들로 붐볐다. 나름 저렴한 가격에 재빨리 배를 채울 수 있다는 점이 크게 작용한 것 같다. 처음엔 '호주에서 뭔 스시?' 하던 우리 가족도 놀이터를 오가는 중에 종종 이용하게 되었다. 그리고 한국 식당과 더불어 중국, 태국, 베트남, 말레이시아, 아랍계 등 다양한 아시안 음식점도 자주 보였다. 미국이나 캐나다보다 호주에서의 한 달 살기가 좀 더 편했던 것은 아마도 이런 동양적 문화가 저변에 깊이 깔려 있기 때문이 아닐까 싶다.

또한 브리즈번 시내에는 한인마트가 몇 곳 있다. 콩나물, 숙주나물, 떡국용 떡 같은 일종의 틈새 물품들은 호주 마켓에서 구할 수 없으므로 가끔 한인 마트를 찾았다. 우리 가족은 숙소에서 가까운 퀸 스트리트 쪽의 한인 마트에서 몇 번 장을 본 적이 있다. 매우 친절한 직원들이 인상적이었다. 여기서 구입한 재료들로 맛있게 음식을 해먹은 기억이 새롭다. 우리 가족이 한인 마트를 찾는 다른 이유 하나는 한인 신문을 구하기 위해서다. 무료로 배포되는 일간 신문+생활 정보지+광고지 성격의 교포 신문이다. 평소에 종이신문 읽기를 즐기는 아빠는 어딜 가든지 현지 한인 신문을 꼭 입수해 읽는다. 여기 사는 한인들은 어떤 것에 관심이 있는지, 현지의 어떤 일이 한인들에게 의미가 있는지 등등 현지에 대해서 많이 배울 수 있어서다.

CBD에서는 다양한 거리의 예술가들도 만날 수 있었다. 도시 산책길의 작은 즐거움이 이들의 퍼포먼스를 경험하는 일이다. 특히 아들이 좋아했던 것은 서예 체험. 길 한쪽 편에 동양인 아주머니가 무릎을 꿇고 앉은 채 직접 먹물을 갈아 글씨를 쓰고 있었다. 아들이 다가가자 아주머니는 매우 친절하게 안내해 주었다. 아들은 커다란 붓을 잡고서 지시에 따라 마음 심(心)자를 썼다. 아들은 삐뚤빼뚤한 자신의 글씨가 마음에 들지 않았는지, 아주머니 글씨는 예쁜데 자기 것은 별로라며 시무룩해 했다. 하지만 아주머니가 이 정도면 아주 잘 쓴 거라고 칭찬을 해주니, 다시 밝은 표정으로 돌아와 만족해했다.

아들이 즐겨 찾았던 거리의 연주자가 있다. 자신이 직접 제작하고 튜닝을 했다는 파이프 드러머였다. 탁구채 같은 스틱으로 파이프의 구멍 부분을 치면 멋진 공명음을 냈다. 뜻밖에도 상쾌한 소리였다. 드럼을 좋아하는 아들은 매번 오랫동안 서서 연주와 노래를 들었다. 그러곤 항상 감사하다며 아빠 주머니에서 동전 몇 개를 꺼내 아저씨에게 고마움을 표했다. 귀엽고 대견한 모습이었다. 아저씨도 연주 중 고개를 까딱하며 아들에게 인사를 표했다.

한자 마음 심(心)자 쓰기를 마치고
불만족한 아들.

파이프 드러머 아저씨에게
감사를 표하러 간 아들.

7. 브리즈번 시내의 상점 구경하기

브리즈번 시내는 쇼핑센터, 다양한 물품을 취급하는 상점, 카페와 레스토랑으로 가득 차 있다. 서울의 번화가보다 더 밀집된 지역 안에 다종다양한 상점들이 꽉 들어서 있다.

먼저 JB HiFi. 음악에 조금이라도 관심이 있는 사람은 HiFi 라는 단어에서 혹시 음악 관련 상점이 아닐까 짐작할 수 있을 것이다. 맞다. 이곳은 음악 CD와 LP는 물론 영화 DVD, 게임 타이틀, 게임기, 컴퓨터 용품, 핸드폰과 청소기 등 소형 생활가전까지 취급하는 곳이다. 음악을 좋아하고 아직 음원보다 CD를 통해 음악을 즐기는 아빠에겐 큰 관심 장소다. 장 보러 나왔던 길에 한번 들러 보았다. 한켠에 늘어서 있는 음악 CD 진열장이 눈에 들어왔다. 타이틀을 살펴보니 최신 팝송에서 재즈와 클래식 음악까지 다양하게 구비되어 있었다. 일부 CD는 한국에 비해 가격이 많이 저렴해서 아빠는 기분 낼 겸 몇 개를 골라 담았다.

브리즈번 시내 곳곳에는 한국에서 한때 선풍적인 인기를 몰았던 어그(Ugg) 부츠 매장이 여럿 있다. 우리 가족은 엄마와 아들용으로 구해볼 요량으로 매장 한 곳을 방문했다. 이리저리 살피는데 썩 마음에 드는 것이 없어, 아쉬움을 남긴 채 매장을 빠져나왔다.

CBD에는 관광객을 위한 기념품 숍이 여럿 존재한다. 어딜 가든지 현지 기념품을 꼭 챙기는 아들은 엄마, 아빠 손을 이끌고 몇 곳을 찾아갔다. 호주 기념품은 코알라와 캥거루가 핵심 소재였고 디자인의 근간이었다. 그다음으론 양가죽 제품 그리고 원주민이 만든 디제리두나 부메랑이 주를 이루고 있다. 이런 기념품에 익숙해진 아들은 보다 신선한(?) 기념품을 찾았다. 한참을 돌아다니더니 씨 오팔(Sea Opal)로 만든 열쇠고리를 발견했다. 씨 오팔은 바다에서 나는 오팔로 해양국 호주의 귀한 산물이란다. 한참을 고르던 아들은 호주 지도 모양의 씨 오팔 열쇠고리를 손에 쥐었다. 그러곤 계산대로 아빠를 이끌고 가 '체크 아웃 플리즈'를 외친 후, 아빠에게 '얼른 계산해주세요' 하며 신나했다.

한편 우리 가족의 한 달 살기 동반자인 캐리어가 그동안 너무 수고를 많이 한 탓인지 지퍼 부분이 종종 오작동을 했다. 대체용을 알아보러 타겟(Target)에 가보았다. 침구류, 의류, 신발을 비롯해 전기 전자제품, 컴퓨터 관련 용품, 학용품, 일상잡화 등이 판매되고 있는데, 브리즈번만 그런 것인지 미국에서 가본 타겟에 비해 다소 쇠락한 분위기였다. 가방 코너를 둘러보니 좋은 가격의 캐리어가 눈에 띄었다. 나름 디자인도 좋고 튼튼해 보이는 데다가 가격까지 좋아서 선뜻 구입했다. 숙소로 돌아와 짐을 옮겨 담고 이리저리 굴려 보았다. 하지만 바퀴 부분이 뜻대로 움직이질 않았다. 음, 싼 게 비지떡인가? 비용 절약 차원에서 고른 제품인데, 실망이 컸다. 고민 끝에 고객센터에 가니 아주 친절하게 환불처리를 해주었다.

8. 무섭고도 재미있는 퀸즐랜드 경찰 박물관

경찰 박물관(Queensland Police Museum)은 메리톤 숙소에서 5분 거리에 있는 퀸즐랜드 경찰청 건물 안에 있다. 아주 협소한 공간인 만큼 볼 것은 별로 없는 편. 다만 경찰 박물관이라는 특이함에 교육적 차원에서 한 번쯤 방문해볼 만했다. 아들은 수갑, 권총, 경찰복, 모터바이크, 각종 신문 기사와 기념사진 등을 유심히 살펴보았다. 생각보다 아들은 큰 관심을 보였다. 엄마, 아빠에게 경찰과 관련된 이런저런 질문을 하기도 했다. 주변에서 쉽게 보는 경찰들이 이런 힘든 일을 하며 우리 사회를 안전하게 보살펴 주고 있다는 아빠의 말에 아들은 고개를 깊이 끄덕거렸다. 짧지만 흥미로운 시간을 보냈던 곳이다.

9. 이웃 도시 투웡에서 최고의 양고기를 만나다

투웡(Towoong)은 브리즈번 근교의 작은 도시다. 숙소 건너편 브리즈번 트랜짓 센터에서 메트로를 타고 세 정거장만 가면 투웡이다. 우리 가족은 쇼핑센터인 투웡 빌리지의 케이마트(K mart), 다이소(Daiso), 그리고 콜스(Coles)에서 장을 보기 위해 몇 차례 방문했다. 아들은 케이 마트의 장난감 코너를 몇 차례 살피더니 한국에서 보지 못한 독특한 장난감과 학용품들을 좋은 가격에 득템하고 매우 의기양양해 했다.

호주의 다이소는 일본풍이 매우 강한 곳이었다. 이름 자체도 다이소 재팬이니 그럴 것이다. 일본 전통 문양을 차용한 패턴의 제품들이 많았다. 한국의 다이소와는 사뭇 다른 분위기였다. 매장도 아주 작은 크기였는데, 아들은 여기서 장난감처럼 가지고 놀 만한 것을 찾아보다, 그냥 빈손으로 나왔다.

쇼핑센터 1층에는 브리즈번 CBD의 슈퍼마켓보다 훨씬 규모가 큰 콜스 슈퍼마켓이 있다. 우리 가족은 이곳에서 몇 차례 장을 보았다. 브리즈번 CBD의 매장보다 더 다양하고 신선한 상품들이 많았다. 한번은 고기가 먹고 싶어 미트 코너로 가 보니 호주인 여러 명이 양고기 진열대 앞에 몰려 서 있었다. 유심히 보니, 사람들 손엔 'Australian Spring Lamb'이라는 큼직한 스티커가 붙은 고기팩이 들려 있었다. 스프링 램? 이건 뭐지, 하는 마음으로 살피는데, 옆에 있던 호주 할아버지께서 "요즘 같은 9월에는 이 스프링 램이 최고지, You must try it!" 하며 엄지손가락을 치켜세웠다. 그러면서 양고기는 이렇게 봄이 시작되는 9월 초에서 중순에 잡은 어린 양이 맛과 영양, 질감 등 모든 면에서 최고라며 추가 설명을 해주셨다. 우리 가족은 감사하단 인사를 전하고 욕심스레 세 팩을 담아 계산대로 향했다.

숙소로 돌아와 엄마는 바삐 손을 놀려 스프링 램 스테이크를 준비했다. 메리톤 스윗츠의 오븐에서 깊은 풍미가 풍겨져 나왔다. 아빠와 아들은 엄마가 만들어 준 양고기를 한입 베어 물곤, "우와!" 하며 탄성을 질렀다. 정말 최고의 맛이었다. 지금까지 먹어본 양고기, 소고기, 돼지고기, 오리고기 등등은 그저 예고편에 불과했다. 이렇게 부드럽게 혀에 착착 감기는 고기라니! 살짝 단맛도 나며 입안에서 살살 녹아내리는 느낌은 정말 일품이었다. 세 식구 모두 게걸스럽게 '오스트렐리안 스프링 램'을 양껏 먹어 치웠다. 이방인에

게 이렇게 훌륭한 양고기를 추천해 준 호주 할아버지께 진심으로
감사를 드린다.

10. 브리즈번에서 아파트를 구경하다

브리즈번 한인 마트에서 입수한 한인 신문에 신규 아파트 판매
광고가 있었다. 우리 가족이 좋아하는 메리톤이 만든 아파트여서
관심이 갔다. 중국인에게 분양되었다가 계약 파기로 인해 매물로
나온 것이라고 한다. 브리즈번 사우스뱅크 쪽에 입지한 아파트로
인근에 문화센터와 럭비 경기장이 있는 등 환경과 전망을 두루 갖
춘 아파트였다. 방 2개에 화장실 2개 그리고 발코니가 있는 28평
정도 되는 예쁜 아파트였다. 금액은 4억 선. 친절한 한인 리알터에
게 연락을 취해 아파트 앞에서 만났다. 분양사 담당 직원의 안내
로 3개 층의 서로 다른 구조와 방향의 아파트를 구경했다. 최고의
자재로 아주 잘 지은 아파트로서 이런 전망을 갖춘 곳은 브리즈번
에서 더 이상 찾기 힘들 것이라는 설명이 이어졌다. 수영장, 바비큐
장, 피트니스 클럽도 멋져 보였다. 외국인이 구입 시 내야 하는 세
금도 회사에서 지원해 줄 것이며 사용하지 않는 기간 동안은 회사
에서 중단기 렌트까지 대행해준다고 덧붙였다. 특히 럭비 시즌 중
에는 전국 각지에서 사람들이 몰려오기에 수요는 늘 있다고 했다.
이 경우 일정 수수료와 관리비만 회사에 지불하면 나머지는 주인

의 수입이 된다고 한다. 여러 가지 생각이 교차했고 한동안 고민도 했지만, 현실적인 여건은 이 예쁜 아파트를 그냥 구경하는 것으로 만족해야 했다. 한국에 돌아와서도 지금쯤은 다른 누군가의 보금 자리가 되어 있을 이 아파트가 가끔 생각난다.

▶ 아니, 이런 일이? ② 브리즈번에서 제자를 만나다

어느 날 우리 가족이 공원에서 즐거운 시간을 보내고 숙소로 돌아와 저 녁 식사를 할 즈음이었다. 아빠가 잠시 핸드폰을 보는데 카톡으로 문자가 전송되어 있었다. 발신자는 몇 해 전 학교를 졸업한 아빠의 제자였다. 문 자는 "교수님, 안녕하세요? 저 ○○○인데요, 혹시 지금 브리즈번에 계세 요?" 였다. "세상에! '지금', '브리즈번'에 계시냐고? 얘가 어떻게 내가 브리 즈번에 있는 줄 알지? 그럼 얘도 '지금', '브리즈번'에 있단 말인가?" 이 제 자는 원래 시드니에서 워홀 중인 것을 알고 있었기에 정말로 브리즈번에 서 날 보았나 싶었다. 그럼 언제 본 것인지 궁금하고 반가운 마음에 "응, 잘 지내고 있지? 가족들이랑 지금 브리즈번에 있어" 하고 답장을 보냈다. 그러기가 무섭게 "교수님! 저도 브리즈번에 있어요! 방금 전 택시 타고 지 나가다가 교수님이랑 똑같이 생긴 분이 횡단보도에서 신호대기하고 있는 것 봤어요. 친구들한테 교수님 같다고 말했더니, 다들 교수님이 지금 왜 여기 계시냐? 한국에 계시겠지, 했어요."

제자는 15분 전쯤 친구들과 택시를 타고 지나가다가 길을 건너려 서 있던 우리 가족을 발견했던 것이다. 세상에나! 아주 똑똑하고 야무진 제자는 시드니 직장에서 크게 인정을 받아 매니저로 승진해 있었고, 하루 휴가를 내 브리즈번에 방문했다고 한다. 해외 경험과 해외 취업을 장려했던 아빠 의 조언에 힘입어 워홀을 통해 호주에서 꿈을 키우고 있던 중이었다.

엄마와 아들까지 덩달아 놀랐다. 아니, 이럴 수가! 정말 세상 좁고 좁다고 놀래며 아빠에게 얼른 연락해서 만나라고 보챘다. 그래서 다음 날 아들이 좋아하는 식물원에서 제자를 만났다. 마침 제자의 숙소도 식물원 근처여서 가장 편한 장소였다. 제자는 가족과 인사를 나누고 한참 동안 아빠와 이야기를 나눴다. 멀리 타국에서 자신의 꿈을 향해 매진하고 있는 제자의 이야기에 아빠는 스승으로서 가슴이 뿌듯했다. 제자는 비행기 시간이 다가와 가족과 인사를 나눈 뒤 헤어졌다. 야무진 제자를 위해 우리 가족은 건승을 빌었다.

▶ 브리즈번과 골드 코스트 대중교통은 고카드(Go Card)로

브리즈번과 골드 코스트(서퍼스 파라다이스, 사우스포트 등) 지역의 대중교통은 고카드를 이용한다. 퀸즐랜드 주의 남동부 지역 대중교통은 트랜스링크(Translink)가 담당하는데 고카드는 트랜스링크가 제공하는 버스, 메트로, 경전철(G:link)에서 페리에 이르는 모든 교통 수단을 이용할 수 있는 스마트 카드다.

시드니의 오팔카드와는 달리 카드 구입 시 보증금(deposit) 10불을 내야 한다. 여기에 원하는 금액만큼 탑 업(충전, top up)할 수 있다. 요금 계산은 이동하는 구간 수에 따라 다르다. 브리즈번을 기점으로 총 8개의 존(zone)으로 구간이 나누어져 있고, 구간 수가 늘어날수록 요금이 올라가는 시스템이다. 역시 오팔카드와 마찬가지로 승하차 시에 반드시 카드를 탭 온/탭 오프해야 정식 승인이 되니 늘 주의가 필요하다.

우리 가족은 브리즈번에서 사우스포트로 이동할 때, 고카드를 이용해 메트로와 경전철을 번갈아 타며 도착할 수 있었다. 그리고 사우스포트에서 경전철로 서퍼스 파라다이스, 브로드비치 등 골드 코스트 일대를 다닐 때도 이 카드가 유용했다. 다만 3~4인 이상 인원수가 많을 경우, 일일이 개인별로 고카드를 이용하는 데 드는 총액보다 우버가 더 저렴할 수 있으니 상대적 금액을 확인하고 이용하는 것도 좋을 것이다. 고카드 홈페이지에

서 구간별 이동에 따른 1인당 금액을 확인하고 우버닷컴(uber.com)에서
이동 비용을 비교해서 결정하면 될 것이다.

숙소 수영장에서 본 경전철과 고속도로.

사우스포트 경전철의 노선도.

고카드가 더 이상 필요 없을 때는 반드시 환불을 받아야 한다. 10불 보증
금도 있고 충전액이 남아 있을 수 있기 때문이다. 50불 미만은 역에서 가
능하고 그 이상은 호주 은행계좌를 통해 이체받는다. 우리 가족의 고카드
모두 50불 미만이었기에 역에서 환불받을 수 있었다.

▶ 시드니와 브리즈번 시내에서 환전하기

호주 시내에선 Money Exchange라는 간판을 내건 작은 환전업소들이 여
럿 눈에 띈다. 타국에서 호주로 방문하는 인구가 많으니, 자연스레 이런
환전업소들이 호황인 듯하다. 그런데 업소마다 조금씩 환율이 다르다. 신
기한 것은 흥정이 가능하다는 점이다. 창구에 다가가 미국 달러나 한국 원
화를 호주 달러로 환전하고 싶다고 말하면, 얼마나 할 건지, 얼마나 받고

싶은지 그쪽에서 먼저 물어온다. 좀 어색한 시스템이지만, 몇 군데 돌아보니 다들 이렇게 얼마나 받고 싶냐고 먼저 질문을 던진다. 환전 숍들의 공통적 영업방식이다. 한번은 모니터에 제시된 시세보다 조금 높여 대답했는데도 오케이하면서 환전을 해준 경우도 있으니 참고하시길.

제3장
호주 한 달 살기의 완성,
사우스포트를 만나다

1. 살고 싶은 도시 사우스포트와 공원 가는 길

'우리 가족 호주에서 호주인처럼 한 달 살기'를 세 번이나 하도록 이끈 주인공은 퀸즐랜드의 사우스포트다. 아무런 사전정보도 없는 상태에서 힘들고도 긴 검색 끝에 우연히 발견한 천국 같은 곳이어서 더욱 인상 깊다. 서퍼스 파라다이스에서 북쪽으로, 경전철로 15분 거리에 위치한 이 도시는 브로드워터 파크랜드라는 거대한 해양공원과 제임스 오베럴 파크라는 평화로운 공원으로 우리 가족에게 큰 위안과 행복을 전해주었다. 한국을 떠나 해외에서 살고 싶은 곳을 꼽으라면 단연코 그 첫 순위가 될 것이다. 그만큼 사우스포트는 우리 가족 호주 한 달 살기의 의미를 완성해준 고마운 도시다.

아들은 여기서 정말 잘 놀고 잘 달리며 땀을 흘렸다. 얼굴과 팔과 다리가 까맣게 그을림과 동시에 건강한 웃음을 되찾았고, 마른 장작 같던 허벅지는 탄탄하게 영글었다. 햇빛을 받으며 오가던 길은 힐링의 길, 그 자체였다. 엄마, 아빠도 맑은 공기와 햇살 아래 더욱 건강해질 수 있었다.

공원은 길이 2㎞에 이르는 초대형이다. 오른쪽에 바다를 끼고서 남북으로 길게 형성되어 있다. 숙소에서 나와 브로드워터 파크랜드 전철역을 바라보며 횡단보도를 건너면, 매트론 앤 시스터 힉맨 파크(Matron & Sister Higman Park)가 나온다. 이를 가로질러 쭉 올라가면 퀸즐랜드 주의 주요 도시를 잇는 골드 코스트 하이웨이(Gold Coast Highway)를 만나게 되고, 그 건너편에 바로 브로드워터 파크랜드가 있다. 조심스럽게 횡단보도를 건너면, 눈앞에 초록 세상이 펼쳐진다. 다행히 고속도로를 오가는 차들이 보행자를 위해 안전속도와 거리를 유지하며 잘 정지해 준다. 무수히 이 길을 건너다녔지만, 단 한 번도 위협을 느낀 적이 없을 만큼, 보행자에 대한 배려가 일상이었다.

숙소에서 내려다본 브로드워터 파크랜드 전경. 오른쪽에 아쿠아 파크가 보인다.

　비로소 공원 초입 잔디밭에 들어서면, 이제부터 아들은 바닷바람을 맞으며 신나게 뛰기 시작한다. 엄마, 아빠도 덩달아 뛴다. 원래 운동을 매우 좋아하는 부부지만, 그간 제대로 할 수 없었던 한(?)을 여기서 함께 풀 수 있었다. 이런저런 물품들을 넣어 꽤 묵직한 백팩을 메고도 엄마, 아빠는 아들과 함께 뛰어다니며 신나했다. 세 번째 한 달 살기 때는 공원 입구 쪽에 거대한 에어바운스들이 설치되어 있어 눈길을 끌었다.

공원 입구 쪽의 대형 에어바운스들.

　공원에서 아들이 꼭 먼저 찾는 곳이 있다. 작은 언덕 위에 앉아 있는 거대한 조형물, 매디와 마이크(Maddie & Mike)다. 매디는 모자를 쓴 채 풀밭에 앉아 있는 소녀이고, 마이크는 그의 친구 테디 베어다. 아들은 항상 이곳에 들렀다. 엄청나게 큰 조형물이지만, 밝고 환한 색감이 친근감을 준다. 아들은 특히 마이크를 좋아했다. 꼭 몇 번씩 얼싸안은 후 다음 장소로 이동하곤 했다. 골드 코스트 출신의 아티스트, 존 콕스의 작품이다.

매디와 마이크 중 매디.

2. 가족을 위한 최고의 놀이터, 브로드워터 파크랜드

브로드워터 파크랜드(Broadwater Parklands) 초입에는 아쿠아 파크(Aqua Park)가 있다. 바다 위에 거대한 공기주입식 놀이기구들이 떠 있는 수상 놀이터다. 50분에 1인당 20불의 입장료를 받는다. 아들은 첫 한 달 살기 때 가보았으나, 크게 흥미를 느끼지 못했다. 1시간 정도 놀고 나서 위쪽 놀이터로 서둘러 갔다. 아쿠아 파크는 후에 아쿠아 스플래시로 이름이 변경되었고 기구들도 교체되어 있었다.

바다 위에 떠 있는 아쿠아 파크.

　아들은 힘차게 뛰었다. 뜀박질하며 신나 하던 아들이 멈춰선 곳
은 레이싱 트랙을 닮은 자전거 연습장이다. 출발선과 도착선이 있
고 중간에 아치형 구조물이 있어 제법 트랙 분위기가 난다. 자전거
가 다니지 않을 때, 아들은 아빠와 함께 출발선에 서서 트랙을 몇
바퀴씩 뛰어 보았다.

자전거 대신 두발로 뜀박질을 하는 아들.

다음 코스는 아들이 가장 좋아하는 레일 바이크다. 총 연장 150m 정도 되는 타원형 철제 모노레일 위에 모터사이클 모양의 바이크들이 여러 대 설치되어 있다. 발로 쉬지 않고 힘차게 페달을 밟아야 전진하는 구조로 다리 운동하기에 아주 그만이다. 한 대에 앞뒤로 두 명 정도 탑승 가능하다. 아들은 비어 있는 바이크에 성큼 올라탔다. 바이크 앞뒤로는 고무 범퍼가 달려 있어, 아이들은 앞 바이크에 일부러 추돌하거나, 뒤의 바이크가 쫓아오면 냉큼 달아나는 놀이를 하면서 잘도 놀았다. 아들은 현지 아이들과 자연스럽게 어울렸다. 한 대의 바이크에 여럿이 타 함께 페달을 밟기도 하고, 때론 내려서 손으로 밀어주며 신명 나는 시간을 보냈다. 가끔 아빠도 올라타 페달을 밟았다. 진땀이 쭉쭉 나고 허벅지와 장딴지가 뻑뻑해 올 때까지 타보았다. 아들 바이크를 살짝 추돌도 해보고 혹은 한 대의 바이크에 아들과 함께 타서 내달리기도 했다. 행복한 시간이었다. 세 번의 한 달 살기에서

신나게 페달을 밟으며 운동과 놀이를 동시에!

우리 가족이 가장 오랜 시간을 보낸 놀이기구는 이 레일 바이크였다. 해가 뉘엿뉘엿하고 바닷바람이 꽤 선선해진 저녁 무렵까지 아들은 바이크를 타며 즐거워했다.

바이크 옆에는 바운시 필로우(Boundcy Pillow)가 있다. 우리나라의 트램펄린 놀이터와 유사하나, 탄력 있는 고무로 만들어진 거대한 베개 모양이라는 점이 특징이다. 이것 역시 다른 곳에서는 보지 못한, 이곳 브로드워터 파크랜드만의 고유한 놀이장이다. 아빠도 한번 올라가 보았더니, 그 탄력이 보통이 아니었다. 그냥 공중으로 붕붕 날아오르는 느낌? 아이들은 마냥 신나했다. 공중제비를 도는 아이도 있고 떠오르면서 발레 동작을 하는 아이들도 있었다. 첫 번째 한 달 살기 때는 무섭다며 놀기를 거부했던 아들이 두 번째 부터는 힘차게 올라가 이리 통 저리 통 잘도 날아다니며 놀았다. 그런데 아뿔싸! 갑자기 아들이 외마디 비명을 지르며 세게 우는 것이 아닌가! 잠깐 엄마와 이야기하느라 아들로부터 눈을 떼었던 그 순간에 그만, 아들이 다른 아이와 부딪혀 입술이 터진 것이다. 아빠는 손에 들고 있던 핸드폰을 내던지고 달려가 아들을 안고 내려왔다. 윗입술에서 붉은 피가 꽤 흘러내렸다. 가는 날이 장날이라고 응급약을 숙소에 두고 왔더니, 일이 터지고 말았다. 다행히 치아는 다치지 않은 것 같았다. 그런데 놀라운 것은 주변에 있던 호주인 엄마들이 달려와 티슈와 수건을 건네주며 얼른 지혈하라고 일러주었다. 그리고 한 아주머니는 옆 카페에서 찬 얼음이나 아이스크림을 구해 입술 터진 곳에 대면 지혈에 도움이 된다고 덧붙였다. 다들 무심한 듯 자녀들을 지켜보고 있던 사람들이 친절하게 도움을 주었던 것이다. 카페로 달려가 냉장고에 있는 생수와 아이스크림을 사 와, 아들 입술에 묻혀주고 찜질을 해주니 지혈이 잘되었다. 덕분(?)에 맛있는 아이스크림을 먹게 된 아들은 울음을 그치고 이내 좋은 기분이 되었다. 자기 일처럼 마음을 써준 호주 엄마들에게 지면을 빌어 다시 한번 감사의 인사를 전한다.

바운시 필로우에서 통통 튀어 오르며 노는 아이들.

레일 바이크와 바운시 필로우 사이에는 집라인이 설치되어 있다. 많은 아이가 줄을 지어 기다리는 인기 있는 놀이기구다. 왕복 거리 50m 정도로 놀이터용 집라인치고는 꽤 긴 편이다. 아들은 처음과 두 번째 한 달 살기 때는 무섭다며 쳐다보지도 않더니 세 번째는 한번 도전해보겠노라 했다. 그 사이 많이 큰 것이다. 아들도 줄을 섰다가 차례가 되자 발판에 엉덩이를 대고 잘 매달렸다. 아빠가 뒤에서 힘차게 밀어주자, 아들은 와우! 탄성을 지르며 빠르게 미끄러져 나갔다. 재미를 느꼈는지, 몇 번을 더 타고서야 내려왔다. 큰 아이들은 발판에 서서 타고, 아들 또래와 그 이하의 아이들은 발판에 엉덩이를 대고 앉아서 탄다. 줄을 서서 기다리고 있던 아들은 자기 뒤에 4~5살쯤 되는 어린아이가 있을 때는 먼저 타라고 양보하는 의젓함을 보이기도 했다.

이 놀이터를 지나 북쪽으로 올라가는 길은 산책로로 조성되어 있다. 조금 더 가면 넓은 잔디밭이 나오고 여기에 각종 이벤트를 진행할 수 있는 야외 무대가 보인다. 다음 블록의 잔디밭 끝에는 더 피쉬 샥(The Fish Shak)이라는 카페테리아가 있다. 생선튀김이 주 메뉴로, 놀다가 출출할 때 요기하기에 적당했다. 깔끔한 인테리어가 돋보이는 곳으로 야외 테이블에서 먹을 때는 음식을 노리는 갈매기들이 몰려들어 다소 성가시기도 했다. 우리 가족은 도시락에 밥을 가져와 이곳 음식을 반찬 삼아 먹기도 했다. 아들이 신명나게 놀려면 한국식 탄수화물이 필요했기 때문이다. 쌀밥을 몇 술 뜨고 나면 아들은 더 열심히 놀 수 있었다.

맛있는 생선튀김의 더 피쉬 샥.

여기서 배를 채운 아들이 향한 곳은 더 피쉬 샥 앞의 물놀이장이었다. 락 풀(Rock Pool)이라는 이름의 아주 예쁜 곳이다. 바다 동물들을 형상화한 귀여운 조형물들이 많이 있어 아이들을 위한 놀이터다웠다. 주변에 키 작은 나무와 잔디밭이 빙 둘러 조성되어 있고 부모들이 앉아서 아이들을 살필 수 있는 계단형 벤치가 있어 느낌이 참 편안했다. 하단 쪽에는 아이 발목 정도까지 오는 얕은 풀도 있고 위쪽 끝에는 폭포처럼 물이 쏟아져 내리는 벽면이 있어 아이들이 놀기에 그만이다. 5세 미만의 아이들에겐 얕은 풀이, 그 이상 아이들에겐 위쪽 부분이 어울릴 것이다. 물을 좋아하는 아들은 때론 혼자서 때론 주변 아이들과 친구가 되어서 잘도 놀았다.

아이들이 좋아하는 락 풀.

여기엔 놀랍게도 안전요원이 항시 아이들의 안전을 지켜주고 있었다. 수영장도 아닌 작은 물놀이터여서 그냥 부모들에게 맡겨둘 만도 한데, 안전요원을 배치해 아이들의 안전을 적극 살피고 있었다. 안전요원은 아이들을 관찰하면서, 조금이라도 위험한 행동을 하면 즉각 뛰어나가 아이들을 돌보아 주었다. 뿐만 아니라 아이들과 함께 물장난을 쳐주면서 아이들이 즐겁게 노는 데 큰 도움을 주기도 했다. 또한 공원 주차장도 바로 이 락 풀 건너편에 자리해 있었다. 아이를 동반한 가족의 동선을 최소한으로 만들어 둔 것이다.

이 물놀이장에서 북쪽으로 더 올라가면 어마어마한 규모의 수영장이 나온다. 이름은 골드코스트 아쿠아틱 센터(Gold Coast Aquatic Center). 무려 6개의 풀을 갖추고 있는 매머드급 수영장이다. 특히 야외에 설치된 길이 50m에 총 10개의 레인을 갖춘 올림픽 경기장급 수영장은 압권. 여기에 다이빙 전용 풀, 실내 수영장, 유아 풀, 피트니스 센터와 카페테리아가 더해진 아주 훌륭한 곳이다. 게다가 모든 수영장은 연중 내내 수온을 27도에 맞춰두고 있어 사시사철 수영을 즐길 수 있다.

아들은 이곳까지는 가보지 못했다. 자동차 없이 걸어서 이동한 데다 늘 숙소에서 가까운 놀이터에서부터 열심히 논 후라, 이곳까지 올라올 여력이 없었다. 다만 아빠가 조깅을 하면서 여기까지 달려온 적이 있다. 살펴보니 정말 대단하고 멋져 보였다. 언젠가 아들과 함께 와봐야지 했지만, 세 번의 한 달 살기 모두 놀이터에서 노느라, 이곳은 늘 패스였다.

3. 동네 사람들과 평화로운 산책, 제임스 오베렐 파크

호주에서의 평온한 저녁 산책. 호주에서 호주인처럼 사는 맛을 느낄 수 있었던 곳이 바로 제임스 오베렐 파크(James Overell Park) 다. 동네 할머니, 할아버지, 아저씨, 아주머니, 아이들이 산책을 즐기고 운동을 하는 곳이다. 이 전형적인 동네 공원에서 경험한 그 감미로운 느낌은 정녕 잊을 수 없다.

이곳은 메리톤에서 걸어서 5분 거리에 있다. 조용하기 그지없는 아파트촌을 나와 큰 길로 접어들면 공원이 보인다. 럭비 골대가 서 있는 넓은 잔디밭이 중앙에 있고 한쪽 끝은 좁은 뱃길로 형성된 바닷가다. 가끔씩 요트나 관광객용 수륙양용버스가 물에 선을 긋듯 지나간다. 그 건너에는 멋지게 지어진 주택 몇 채가 들어서 있고, 집 앞에는 요트들이 한두 척씩 정박해 있는 풍경이다. 바다를 면한 산책로에는 우리나라 공원에서도 볼 수 있는 붙박이형 운동기구들이 설치되어 있다. 운동을 좋아하는 아들은 여기에 오면 꼭 기구들에 매달렸다. 몸에 맞지도 않는 큰 기구들에서 몇 번씩 몸을 놀려봐야 직성이 풀어지곤 했다. 이런 운동기구들은 한국의 것이나 여기 것이나 크게 다르지 않았다.

탁 트인 공간의 제임스 오베렐 파크.

아들은 여기서 다양한 강아지들과 만날 수 있어, 매우 즐거워했
다. 한국에서 하루가 멀다 하고 강아지 한 마리 기르자고 조르던
아들은 지나가는 크고 작은 강아지들에게 손짓하며 "아이, 예쁘
다"라는 칭찬을 아끼지 않았다. 물론 엄마나 아빠가 옆에서 강아
지 주인들에게 통역을 해주긴 했지만, 동네 사람들은 아들의 표정
과 동작에 빙그레 미소를 지어 보이며 강아지에 대한 호감을 이해
했다. 강아지 주인들은 그래서인지 대부분 친절하게 웃으며 아들
이 잠시라도 강아지와 놀 수 있게 배려해 주었다. 이곳에는 대형견
보다 푸들, 말티즈, 포메라이언 같은 작은 강아지들이 많아, 아들
이 더 좋아했다. 사실, 큰 개들이 지나가면 엄마, 아빠도 살짝 긴장

되는데, 적당한 크기의 강아지들이 주를 이루니 보다 편한 마음으로 산책을 즐길 수 있었다.

아들이 또 좋아하던 것은 작은 놀이터였다. 이 놀이터는 정말 작다. 하지만 오히려 큰 놀이터에 비해 현지인들과 보다 가까워서 교류할 수 있어 소소한 재미가 컸던 곳이다. 아들과 이동하니 자전거를 타고 온 일본 엄마와 혼혈로 보이는 여자아이가 놀고 있었다. 아들과 아이가 함께 놀기 시작하자, 처음엔 서로 어색해하던 아이 엄마와 우리 가족은 자연스레 대화를 나눴다. 엄마는 우리에게 여기 사는지 묻고 우리는 한 달 일정으로 한국에서 방문 중이라 하니 매우 놀라워했다. 엄마와 아이는 이곳에 살고 있다며, 골드 코스트와 사우스포트를 너무도 좋아한다고 소리높여 말했다. 아들은 자기보다 두 살 어린 여자아이를 동생이라며 유난히 배려하면서 놀아주었다. 아들은 한국어로, 아이는 영어와 일본어로 말하는데도 신기하게 몇십 분을 잘도 놀았다. 아이가 떠나니 아들은 다소 풀이 죽었다. 엄마, 아빠는 쓸쓸해진 아들과 함께 잔디밭을 힘차게 내달렸다. 아들은 이내 원래의 씩씩한 아이로 되돌아와 활짝 웃었다.

한국으로 돌아와서도 우리 가족은 여기서 있었던 일과 분위기를 아직도 진하게 느끼고 있다. 아마도 언젠가, 가깝거나 먼 미래일 그 언젠가, 다시 사우스포트에 갈 수 있다면 꼭 이 공원에서 더 오랜 시간을 보내보리라. 그땐 지금보다 더 커 있을 아들이 예전처럼 엄마, 아빠 손을 잡고 함께 걸어줄지 모르겠지만, 진심, 그렇다.

4. 있을 건 다 있는 오스트렐리안 페어 쇼핑센터

브로드워터 파크랜드 건너편에 오스트렐리안 페어 쇼핑센터(Australian Fair Shopping Centre)가 있다. 좀 낡은 곳이지만 있을 것은 다 있는 그런 곳이다. 이곳을 처음 방문한 건 놀이터에서 놀고 난 후 너무 배가 고파서였다. 1층 푸드코트로 갔는데, 오후 5시가 넘어서인지 많은 식당이 영업을 마친 상태였다. 겨우 문을 연 식당을 찾아내 메뉴 몇 가지를 주문해 허기를 달랠 수 있었다.

1층 밍 메이 아시안 마켓에서는 중국 식재료와 더불어 한국 식품을 팔고 있었다. 우리 가족은 한국식 야채가 필요할 때마다 이곳에서 장을 보았다. 또한 쇼핑센터에는 콜스와 울월스, 두 슈퍼마켓이 아주 큰 규모로 성업 중이었다. 숙소인 메리톤 스윗츠의 울월스에서 마음에 드는 과일과 야채를 구하지 못했을 때 이곳에서 구입할 수 있었다.

장난감에 관심 많은 아들이 이 쇼핑센터에서 가장 좋아하던 곳은 2층의 미스터 토이스 장난감 가게였다. 몇 번을 가보더니 결국 작은 장난감 하나를 손에 쥐고 즐거워했다. 케이마트도 몇 번 갔다. 여러 가지 생활용품을 저렴한 가격에 판매하는 만큼, 운만 좋으면 장난감과 학용품을 한국에 비해 아주 저렴한 가격으로 구입할 수 있었다. 그리고 1층의 드래곤 뉴스에이전시는 신문, 잡지, 복권과 더불어 고카드(Gocard)의 구입과 충전, 환불이 가능한 곳이다.

5. 위글리 송타임을 만나는 위글스 월드

사우스포트에는 골드 코스트의 대표적 테마파크 몇 곳이 근거리에 위치해 있다. 숙소인 메리톤에서 가장 먼 드림월드가 우버로 20분, 무비월드 15분, 씨월드는 10분 거리에 있다. 뿐만 아니라, 웻앤와일(Wet'nWild), 화이트워터 월드(Whitewater World) 등 온 가족이 즐길 수 있는 대형 물놀이 공원도 모두 인근에 있어, 더할 나위 없다. 또한 나무 사이에 로프를 연결하고 이를 건너다니는 트리 탑 챌린지(Tree Top Challenge)라는 곳도 가깝다.

우리 가족이 골드 코스트의 여러 테마파크 중 가장 먼저 찾은 곳은 드림월드다. 이유는 딱 두 가지. 첫째는, 아들이 너무도 좋아하던 TV 프로그램의 주인공, 위글스(Wiggles)를 만날 수 있는 위글스 월드(Wiggles World)가 바로 드림월드 안에 있기 때문이었고, 둘째는 아들이 고대하고 고대하던 코알라를 만나볼 수 있어서였다.

위글스 월드 앞에서 뛰어노는 쥬니.

아들은 어릴 때부터 호주의 유아동용 프로그램인 위글스를 좋아했다. 국내 모 케이블 채널이 위글리 송타임이라는 이름으로 방송했었다. 마치 비틀스를 모방한 듯, 4인조로 구성된 위글스가 나와 춤추고 노래하면 아들은 신나게 따라서 몸을 흔들었다. 엄마, 아빠도 한번 보기 시작하면 그 재미에 푹 빠져 버렸던 꽤 잘 만든 프로그램이었다. 영국에서 만들었나 했는데 나중에 알고 보니 호주였다. 아들과 한 달 살기를 계획하던 중, 혹시나 해서 위글스와 관련해 검색을 해보니 위글스 월드가 골드 코스트에 있음을 알고 쾌재를 불렀다.

우리 가족은 위글스 월드에서 오랜 시간을 보냈다. 아들은 방송에서 보았던 빅 레드 카(Big Red Car)를 타고 너무도 즐거워했다. 디즈니랜드나 유니버설 스튜디오에 있는 화려한 탈 것과는 달리 매우 소박한 놀이기구였지만, 아들은 TV로만 보던 것을 실제로 타고 만져보는 흥분감에 너무도 재미있어했다. 또한 아들은 위글스 쇼에 나오는 도로시 더 다이노소어(Dorothy the Dinosaur)와 함께 사진을 찍을 수 있어 너무도 행복해했다. 실제 방송에 나온 모습 그대로의 도로시를 보자, 아들은 달려가 얼싸안겨 함께 손을 잡고 사진을 찍었다. 너무 좋아서 어쩔 줄 몰라 하던 아들이었다. 도로시와 헤어진 후엔, 앞에 있는 도로시 티 컵(Dorothy Tea Cup)을 타고 빙빙 돌면서 시간을 보냈다. 하지만 안타깝게도 도로시와 그 친구인 웩 더 도그(Wag the Dog), 캡틴 페더소워드가 벌이는 파티 이벤트엔 참석하지 못했다. 오전 11시에 한 차례 있는 공연인데, 우리 가족은 시간을 맞추지 못했다.

6. '코아랴~ 코아랴~ 아이 예쁘지' 드림월드에서 코알라와 함께

위글스 월드에서 나온 우리 가족은 코알라를 만나러 급하게 이동했다. 골드 코스트에는 코알라를 볼 수 있는 곳이 몇 군데 있다. 드림 월드를 비롯해 커럼빈 생츄어리, 론 파인 생츄어리, 파라다이스 컨트리 등에서 만날 수 있다. 보다 자연적인 환경에서 보려면 커럼빈이나 론 파인으로 가면 좋으나 이동 시간과 비용을 고려해 볼 때, 드림월드도 꽤 괜찮은 선택이 될 수 있다. 우리 가족은 드림월드 할인 입장권과 더불어 코알라 사진 티켓을 미리 구매해 두었다. 아들은 코알라를 보자, "코~아~랴~, 코~아~랴~"하며 코맹맹이 소리를 내고 몸을 배배 꼬면서 나름의 방식으로 독특하게(?) 코알라를 반겼다. 코알라는 생각보다 크고 묵직했다. 아들은 몇 번 조심스레 코알라를 쓰다듬어 본 후 진행자의 안내에 맞춰 자세를 취하고 코알라와 사진을 찍었다. 아들은 이 사진을 매우 아낀다. 몇 번을 보고 또 보면서 코알라를 끔찍이 귀여워한다.

드림월드의 또 다른 매력은 캥거루를 아주 가까이서 만날 수 있는 점이다. 우리 안에 갇힌 캥거루가 아닌, 너른 마당에서 이리저리 걸어 다니거나 누워서 쉬고 있는 캥거루들이다. 캥거루에게 먹이를 줄 수 있고 직접 손으로 만져볼 수도 있다. 아들은 누워 있는 캥거루에게 조심스레 다가가 가볍게 꼬리를 쓰다듬어 보았다. 약간 뻣뻣한 느낌이었단다. 다행히도 캥거루는 별 반응을 보이지 않고 아들의 손길을 모른 채하고 누워 있었다. 아들은 이곳에서 한동안 잘 놀았다. 캥거루의 변 냄새가 썩 편하지 않아, 엄마, 아빠는 아들에게 어서 다른 곳으로 가보자고 재촉했다.

살짝 겁먹은 채 캥거루에게 다가가는 아들.

우리 가족은 양털깎기쇼(Australian sheep shearing show)를 보러
이동했다. 장소는 드림월드 울쉐드(Dreamworld Woolshed). 매일
세 차례씩 쇼가 진행된다. 스파키라는 양몰이 개가 등장해 양들
을 우리로 몰아가고 진행자가 양 한 마리를 데리고 나와 능숙한
솜씨로 털을 깎는다. 5분 정도 걸려서 깎아낸 양털이 카펫처럼 눈
앞에 펼쳐졌다. 청중들에게 나와서 마음껏 양털을 만져 보란다.
아들은 힘차게 뛰어나가 신기한 눈빛으로 양털을 어루만지곤 했
다. 다른 곳에서는 만나기 힘든 경험이었다.

드림월드는 한마디로 아이들의 관심과 호기심을 충족시켜줄 종합선물세트 같은 곳이었다. 무엇보다도 코알라를 안아보고 함께 사진을 찍었던 일과 아들이 꿈꾸던 위글스 친구들을 만날 수 있었던 건 정말 잊지 못할 큰 추억이다.

▶ **맛있는 원주민식 스낵, 아티 파이(Artie Pie)**

드림월드 안에 프레스토스 트레이닝 카페(Presto's Training Cafe)라는 스낵 코너가 있다. 호주 원주민 애보리진의 전통 음식을 직접 만들어서 판매하고 겸하여 원주민 자녀들에게 서비스 교육을 진행하는 곳이다. 넓은 드림월드를 다니다 배가 출출해졌을 때, 우연히 이곳을 발견하고 광고판에 소개된 아티 파이를 먹어 보았다. 우리나라의 만두와 유사하게 둥그런 빵 안에 양념이 된 소고기가 든 파이였는데, 그 맛이 예사롭지 않았다. 직원에게 물어보니 애보리진 전통 조리법으로 만들어진 것이라 한다. 아들이 하나를 먹어 치우더니 맛있다며 더 먹고 싶어 했다. 카운터로 가서 주문하려 했더니 안타깝게도 우리가 먹은 게 마지막 파이란다. 아티라는 이름은 원주민 출신으로 호주 국가대표와 감독을 지냈던 유명 럭비인 아서 헨리 비손의 예명(Arthur Henry Artie Beetson)에서 따온 것이라 한다.

7. 바닷속 세상이 여기에, 씨월드

씨월드(Sea World)는 두 번째 한 달 살기 때 방문했다. 예약 당일에 아들의 컨디션이 썩 좋지 않았다. 집에서 쉬자고 하니 아들은 그래도 꼭 가겠다고 우겼다. 몸은 힘들어하면서도 마음은 놀고 싶은 그 또래 특유의 고집이다. 성화에 못 이겨 수영복, 아쿠아 슈즈, 수건 몇 장, 갈아입을 여벌의 옷가지, 반드시 필요한 선크림, 그리고 간식거리를 챙겨서 우버를 불러 떠났다(우버 기사 아저씨는 한국에서 몇 년간 영어 강사로 일했단다. 차 안에 생수와 과일, 과자를 비치해 두고 있었다). 도착까지 10분 남짓. 입구에서부터 거대한 롤러코스터와 다양한 놀이기구들이 눈에 들어오니 축 처져 있던 아들은 물론 엄마, 아빠도 마음이 들떴다.

우리 가족은 돌고래쇼 등 씨월드가 제공하는 여러 공연들을 뒤로 한 채 곧바로 물놀이장인 The Reef at Castaway Bay로 힘차게 걸었다. 도착해서 본 물놀이장은 썩 인상적이지 않았다. 많은 아이가 열심히 놀고 있었지만, 무료인 브로드워터 파크랜드의 물놀이장에 비해 매력도가 떨어졌다. 그래도 아들은 아이들과 어울려 한동안 신나게 뛰어놀았다. 하지만 힘에 부치는 듯, 많이 힘들어하더니 얼른 집으로 가자고 졸라댔다. 햇살도 너무 뜨겁고, 편한 장소에 자리를 마련치 못했던 터라, 우리 가족은 서둘러 숙소로 돌아갔다.

8. 마리나 미라지와 쉐라톤 그랜드 미라지 리조트

마리나 미라지(Marina Mirage)는 요트 정박장과 나란히 있는 사우스포트의 쇼핑센터이다. 그 건너편에 쉐라톤 그랜드 미라지 리조트(Sheraton Grand Mirage Resort)가 있다. 요트의 돛을 닮은 멋진 지붕의 마리나 미라지는 실제로 가보니 매우 조용한 곳이었다. 깔끔하긴 한데 너무 조용하다 보니 오히려 쇠락한 느낌을 준다. 우리 가족은 한번 휙 둘러보고 길 건너 쉐라톤 리조트로 이동했다. 수영장과 로비 구조가 독특한 멋진 곳이었다. 바다와 이어진 수영장엔 많은 사람이 쉬고 있었다. 로비의 물이 흘러내리는 벽면과 여러 갈래의 수로가 쾌적하면서도 편안한 분위기를 만들어 냈다. 아들은 다음에 기회가 되면 꼭 여기 와서 놀아보고 싶다고 했다.

▶ 시드니 ↔ 골드 코스트 왕복 이동하기

첫 번째 한 달 살기 때는 시드니, 사우스포트, 생츄어리코브의 세 도시에서 지냈다. 먼저 시드니에서 머문 후 골드 코스트로 이동했다. 도시 간 거리가 900㎞인 만큼, 항공기를 이용하기로 했다. 구글 검색을 통해 제트스타(Jetstar) 항공사로 결정했다. 시간대별로 다수의 스케줄이 있어 이동에 용이해 보여서였다. 구입처는 플라이트센터닷컴(Flightcentre.com). 티켓가격은 이코노미 1석 기준 45불에서 135불에 이르기까지 매우 다양했다. 가격 차가 큰 만큼 티켓에 따라 수하물비 별도/포함, 좌석지정 가능/불가능, 기내 음료 제공/미제공 등 차이가 있으므로 구입 시 주의를 기울일 필요가 있다.

시드니 공항(SYD; Sydney Kingsford Smith Airport)에서 골드 코스트 쿨랑가타 공항(OOL; Coolangata Airport)까지 편도 1시간 20분 소요된다. 우리 가족 일정은 다행히 이벤트 기간에 해당되어 1인당 10불짜리 무료 음료 쿠폰을 받아 금액에 맞춰 스낵과 음료를 마실 수 있었다. 플라이트센터닷컴은 호주 각지에 오프라인 스토어를 거느리고 있다. 이 덕분에 사우스포트의 매력에 푹 빠져 일정을 늘리기 위해 항공권 변경이 필요했을 때, 센터 오프라인 매장에서 손쉽게 해결할 수 있었다.

쿨랑가타 공항은 그리 크지 않은 규모였다. 도착 후 우리 가족은 택시 승강대로 이동했다. 관리하는 아저씨들이 분주하고도 친절하게 승차 안내를 해주고 있었다. 우리 가족은 일반 승용차 택시가 아닌 밴으로 배정받아 메리톤 스윗츠로 이동했다. 40분 소요. 기사 아저씨는 억센 호주 방언으로 지나는 길 주변 지역에 대해 설명을 해주었다. 감사하기는 했지만 귀에 익숙지 않는 발음이어서 미안하게도 거의 반은 알아듣고 반은 알아듣지 못했다.

생츄어리 코브를 끝으로 골드 코스트에서 시드니로 이동할 때는 리조트에서 곧바로 쿨랑가타 공항으로 이동했다. 이때는 리조트에서 불러준 택시로 이동했는데, 기사 아저씨, 아니 할아버지는 젊은 시절 영국에서 호주로 출장을 왔다가 너무 마음에 들어 아예 이주했다고 한다. 영국은 늘 글루미(gloomy)한데 호주는 언제나 샤이니(shiny) 하다면서 호주 칭찬이 자자했다. 친절한 할아버지는 아들에게 지구가 그려져 있는 작은 공을 선물로 주셨다. 우리 가족도 할아버지에게 감사의 마음을 담아 팁을 전해드리고 하차했다.

쿨랑가타 공항에서 대기 중이던 우리 가족은 서퍼스 파라다이스에 오래 머물렀다는 옆 테이블의 중국인 가족과 1시간 가까이 함께 시간을 보냈다. 아들은 중국 아이들과 보드게임도 하고 자신들의 장난감을 함께 만지작거리면서 긴 대기시간을 수월하게 보냈다.

▶ **브리즈번 ↔ 골드 코스트 왕복 이동하기**
브리즈번과 골드 코스트 사이에 경전철(G:link)로 오가는 길이 열렸다. 첫 번째 사우스포트 체류할 때는 경전철 광고판에서 브리즈번 - 골드 코스트 간 노선이 조만간 연결된다는 홍보글을 보았었는데, 세 번째 한 달 살기를 준비하면서 알아보니 그 사이에 구간이 개통되어 있었다. 여기서 참고로 골드 코스트는 하나의 도시를 일컫는 것이 아님을 알아두자. 퀸즐랜드 지역 황금빛 해안을 골드 코스트라 부르고 이 일대를 따라 이어진 여러 도시가 골드 코스트를 형성한다. 이름 그대로 서퍼의 천국인 서퍼스 파라다이스(Surfers Paradise), 골드 코스트의 센트럴 비즈니스 지역인 사우스포트(Southport), 인구 1만 명 남짓한 벌리 헤즈(Burleigh Heads), 골드 코스트의 항공 관문인 쿨랑가타(Coolangata) 등 4개 도시가 메트로폴리탄 골드 코스트를 구성한다. 한마디로 연합도시인 셈이다. 골드 코스트에는 한해 1,000만 명이 넘는 관광객이 방문한다고 한다.

브리즈번에 머물던 우리 가족은 숙소 건너편 트랜짓 센터에서 발시티 레익스(Valsity Lakes)행 기차를 타고 1시간 40분 정도 달려 헬렌스베일 역까지 이동했다. 여기서 골드 코스트의 브로드비치 사우스(Broadbeach South)행 경전철로 갈아타 숙소 앞에 있는 브로드워터 파크랜드 역까지 20분 만에 도착했다.

우리 가족은 크고 무거운 캐리어가 있었지만, 수월하게 사우스포트까지 이동할 수 있었다. 다행히 아들이 의젓하게도 긴 기차여행을 잘 소화해 주었다. 중간에 힘들어하거나 짜증 내지 않고 목적지까지 도착했다.

귀국을 앞두고 브리즈번으로 돌아가는 길도 경전철과 기차를 이용했다. 오갈 때 모두 퀸즐랜드 교통카드인 고카드(Gocard)를 사용했다. 마지막 일정을 마치고 고카드를 환불받으니 살짝 울적하기도, 시원섭섭하기도 했다.

제4장
넘실대는 파도의 낭만,
서퍼스 파라다이스

1. '내가 지금 운전하는 거 맞아?' 수륙양용 오리버스 선장 체험

서퍼스 파라다이스는 사우스포트에서 경전철로 연결된다. 숙소 메리톤 길 건너편에 있는 브로드워터 파크랜드 역에서 15분이면 도착한다. 내리는 역은 캐빌 애비뉴(Cavill Avenue). 이 일대가 서퍼스 파라다이스의 최중심부다. 횡단보도를 건너면 기념품을 파는 가게들이 눈에 들어온다. 아들의 필수 방문 코스다. 좀 피해가고 싶지만 역시나 아들은 이곳에 들러서 몇 가지 인형들을 사들였다. 아직도 집에 있는 복싱 캥거루 인형과 볼펜 그리고 작은 코알라 인형이 그것들이다.

우리 가족은 서핑 문외한이지만, 세 번의 한 달 살기 모두 이곳을 찾았다. 저 끝없이 펼쳐진 새하얀 해변, 강렬한 기세로 밀려오는 파도의 위용, 그리고 장쾌한 파열음! 그저 거기 있기만 해도 가슴이 뻥 뚫리는 위안을 이곳에서 얻을 수 있어서였다. 우리 가족은 해변에서 한참을 놀았다. 아들은 파도와 대결하듯, 파도의 포말을 이리저리 피해 다니면서 즐거워했다. 그러다 물에도 들어가 보고, 온몸이 흠뻑 젖게 놀았다. 다행히 샤워시설이 갖춰져 있어서 깨끗이 모래를 씻어낼 수 있었다. 해변 건너편 쇼핑몰 쪽에는 각양각색의 카페와 레스토랑이 방문자를 반겨준다. 우리 가족은 바다에서 나온 후 서퍼스 파라다이스에서 유명하다는 바비큐 레스토랑 허리케인스 그릴로 향했다.

점심을 마친 우리 가족은 아쿠아 덕(Aqua Duck)이라는 수륙양용버스를 타고 해안을 돌아보았다. 서퍼스 파라다이스에는 두 개의 업체가 서비스를 제공한다. 하나는 우리 가족이 탄 아쿠아 덕이고 다른 하나는 콱 덕(Quack'r Duck)이다. 두 곳 모두 비슷한 루트로 진행되는 것 같아, 우리는 대기시간이 짧은 아쿠아 덕을 선택했다. 아들은 근처에서 발견한 귀여운 오리모양의 콱 덕 광고판 옆에서 사진을 찍었다. 아쿠아 덕은 큰 소리를 내며 바다로 진입했다. 튀어 오른 바닷물에 탑승객들이 즐거운 비명을 질렀다. 보트는 적당한 속도로 물살을 갈랐다. 보트는 숙소 메리톤이 있는 사우스포트 해안까지 이동했다. 아쿠아 덕은 어린 승객들에게 보트의 키(운전대)를 잡아보고 사진을 찍을 수 있는 기회를 준다. 뿐만 아니라 이 운전체험을 완수한 아이들에게 선장 자격증을 만들어 준다.

아들은 마음 좋아 보이는
선장 아저씨 옆으로 이동
해 버스이자 보트인 아쿠
아 덕의 핸들을 잡아보며
즐거워했다. 선장 아저씨
는 자격증을 건네준 후, 어
린이 승객들과 차례대로
사진을 찍었다. 아들은 무
언가를 해냈다는 기쁨에
너무도 뿌듯해했다. 지금
도 아들은 당시에 받은 자
격증을 애지중지한다. 엄
마, 아빠도 마찬가지고.

수륙양용 버스 아쿠아 덕의 핸들을 잡은 아들.

2. 가끔은 이런 곳도, 타임존 오락실

서퍼스 파라다이스에는 우리 가족이 즐거운 시간을 보냈던 곳으
로 타임존(TimeZone)이 있다. 이곳은 대규모 오락실이다. 작은 공
과 핀으로 즐기는 미니 볼링, 홀을 돌면서 퍼터로 공을 넣는 미니
골프장, 우리나라에도 있는 농구게임 등 아날로그식 가족 오락시설
에서 전자 오락기계가 설치된 서퍼스 파라다이스의 흥미로운 공간

이다. 거리의 광고판을 보고 호기심에 이끌려 방문한 곳인데 가족 모두 재미있게 놀았던 기억이 새롭다.

골프와 볼링은 엄마, 아빠도 함께 즐기기에 제격이었다. 아들은 처음 잡아보는 골프퍼터로 홀에 공을 넣는 것에 큰 재미를 느꼈고 미니 볼링도 세 식구가 높은 점수를 내보려 힘을 합쳐 놀았다. 이곳의 전자식 게임기는 게임에서 올린 점수에 따라 티켓을 준다. 이걸 모으면 티켓 수별로 장난감이나 사탕 같은 소소한 먹을거리와 교환할 수 있다. 돈만 먹고 마는 우리나라 오락기계와는 달리 나름 성취감도 얻을 수 있는 시스템이다. 아들은 신나게 놀고 난 후, 자신이 모은 티켓으로 원하는 장난감과 교환했다. 물론 품질은 썩 좋아 보이지 않았지만, 아들이 가지고 놀기에 충분했다. 아직도 몇 가지는 아들이 잘 보관하며 가끔씩 꺼내 놀기도 한다.

타임존의 미니 골프와 미니 볼링.

3. '한 번 더 타고 싶어요' — 동물모형 전동차 타기

서퍼스 파라다이스에서 아들은 재미있는 동물모형 전동차를 타고 즐거워했다. 이탈리안 레스토랑 바피아노가 있는 건물 앞 작은 광장에서 코끼리, 사자, 곰, 호랑이 등 동물모형 전동차를 빌려준다. 이곳 사람들은 애니멀 라이드라 칭한다. 물론 무료는 아니다. 15분당 10달러였던 것으로 기억되는데, 아이들에게 매우 인기가 높다. 아들은 보자마자 태워달라고 보채며 잽싸게 달려가 귀여운 얼룩말 전동차 옆에 떡하니 섰다. 비용을 지불하고 주의사항을 경청하고 사고동의서에 사인을 했다. 전동차에 올라탄 아들은 노래까지 흥얼거리면서 좋아했

다. 엄마, 아빠는 부지런히 아들 꽁무니를 쫓아다녔다. 좁은 구역 안에서 여러 대의 전동차가 뒤섞이며 다니니 조심해야 했다. 아들은 한번 타는 것으로 성이 차지 않았던지, 내리 두 번을 더 탔다. 아빠도 '그래, 언제 이런 거 타고 놀아보겠나' 하는 마음에 반대하지 않고 더 타게 했다.

얼룩말 타고 한번 달려볼까?

저녁노을이 사방에 물들어 와서야 아들은 놀 만큼 놀았는지 집으로 가자고 했다. 우리 가족은 캐빌 애비뉴 역으로 터벅터벅 걸었다. 한국과는 반대 방향으로 차들이 다니므로 언제나 그렇듯 조심조심하며 이동했다. 집으로 향하는 전철 안에서 아들은 반쯤 감긴 눈을 한 채 오늘 재미있었다고 했다. 피곤하지만 행복한 하루가 차창 밖으로 지나가고 있었다.

4. 휴식과 쇼핑의 명소, 퍼시픽 페어 쇼핑센터

골드 코스트가 자랑하는 쇼핑의 명소, 퍼시픽 페어 쇼핑센터 (Pacific Fair Shopping Centre)는 숙소에서 경전철로 30분 거리인 브로드비치 워터스 역 인근에 자리해 있다. 브리즈번, 골드 코스트를 포함하는 퀸즐랜드 주에서 가장 규모가 큰 쇼핑센터다. 우리 가족은 내부 인테리어가 멋지다고 소문난 이곳을 호기심에 못 이겨 방문해 보았다. 유명 브랜드 의류, 마이어, 타겟, 빅더블유, 케이마트, 데이비드 존스, 레스토랑, 그리고 두 개의 대형 슈퍼마켓이 있다.

이곳에서 우리 가족이 가장 오랜 시간을 보낸 곳은 옷가게도, 신발가게도 아니었다. 주로 1층에 펼쳐진 예쁜 휴식 공간에서 단란한 시간을 보냈다. 풀과 나무 그리고 물이 어우러져 아름다운 협화음을 창출하는 공간이다. 곳곳에 커다란 카우치형 소파들이 놓여겨 있고 사람들은 저마다의 자세로 편히 쉬고 있었다. 그 모습이 평화롭다 못해 게으르게 보이는 곳이다. 분주한 쇼핑센터의 휴식 공간을 자연과 소통하는 힐링의 장으로 승화시킨 멋진 곳이다. 한 가지 아쉬운 것은 정원 바닥에 깔린 인조 잔디. 이것마저 진짜 생 잔디였다면 더할 나위 없었을 것이다. 하지만 아들은 물론 다른 현지 아이들도 인조 잔디 위에서 신명 나게 놀고 있었다.

잘 꾸며진 수목원 같은 퍼시픽 페어 쇼핑센터.

5. 서퍼스 파라다이스에서 경찰 모터사이클에 올라타다

어느 날은 서퍼스 파라다이스의 한복판 광장에서 경찰들이 이벤트를 진행하고 있었다. 주민들이 서로 협력해서 치안에 힘쓰자는 안전 캠페인이었다. 경찰들은 순찰용 모터사이클까지 전시해 두고 아이들에게 올라타서 사진을 찍을 수 있는 기회를 제공했다. 아들도 빠질 리 없었다. 잽싸게 달려가 줄을 서더니 자기 차례가 되자 신난 듯 올라탔다. 핸들을 겨우 잡고 입으로 부릉부릉 소리를 내면서 즐거워했다. 아쉽게도 경찰 아저씨가 다음 차례를 위해 내려오라고 했다. 아들은 경찰 아저씨에게 '생큐' 인사를 전했다. 엄마, 아빠도 감사하다고 인사를 건네니, 친절한 경찰 아저씨도 경례로 답했다. 평소 무섭게만 보이던 경찰들이 직접 안내문을 돌리고 시민들의 사인을 받는 모습이 이색적이고도 신선했다.

묵직한 모터사이클에 올라탄 아들. 친절한 경찰 아저씨의 미소가 인상적이다.

제5장
차분하고 조용한 그곳, 생츄어리 코브

1. 캥거루가 뛰어노는 인터컨티넨탈 생츄어리 코브 리조트

아! 생츄어리코브! 사우스포트에서 북쪽으로 차로 30분 정도 거리에 위치한 작지만 예쁘고 개성 강한 마을이다. 정말 언젠가 꼭 다시 가고 싶은, 그래서 며칠 푹 머물고 싶은 곳이다. 너무도 조용하고 차분해서 오히려 그것이 약점이 될 수 있는 곳이기도 하다. 하지만 푸른 하늘, 푸른 바다를 캔버스 삼아 가지런히 정박해 있는 하얀 요트들, 소박하게 꾸며진 정갈한 거리와 작은 상점들이 동화 같은 분위기를 연출한다. 알고 보니 생츄어리 코브는 은퇴한 부자 할머니, 할아버지들이 주로 사시는 곳이라 한다. 호주에서 비싸기로 소문난 유명 골프장도 있고 미국의 패리스 힐튼이 이곳에 대저택과 요트를 소유하고 있다고 한다.

우리 가족은 정원에 야생 캥거루가 뛰어논다는 리조트에 머물기 위해 생츄어리 코브를 찾은 것이다. 인터컨티넨탈 생츄어리 코브 리조트(InterContinental Sanctuary Cove Resort)가 그곳. 넓고 넓은 숲속에 고풍스러운 건물, 수영장, 골프 코스, 바닷물을 끌어들인 1 에이커(약 1,225평)에 이르는 거대한 라군 풀이 멋진 하모니를 이룬다. 게다가 야생 캥거루들이 여기저기 누워서 쉬고 있으니, 마치 자연 속에서 지내는 느낌이다. 아들은 좀 무서워하기도 했지만, 이 내 캥거루와 친해져 최대한 가까운 거리에서 살펴보곤 했다. 하지만 야생이어서인지 드림월드의 캥거루와는 달리 좀 사나운 편이었다. 혹시 가시게 되면 조심해야 할 듯.

아들은 라군 풀과 일반 수영장 양쪽에서 번갈아 가며 놀았다. 라군 풀에는 커다란 공 모양의 튜브가 있어서 아이들이 서로 올라타며 물놀이를 즐겼다. 라군 앞쪽에는 모래로 된 작은 비치가 있다. 여기엔 라운지 의자가 여럿 놓여 있어서 부모들이 아이들을 살피며 일광욕을 즐기기에 제격이었다. 아들은 물에 몇 번 빠지기도 하면서 시간 가는 줄 모르고 놀고 또 놀았다.

즐겁고 편안한 시간을 보낼 수 있었던 라군 풀의 전경.

리조트에선 다양한 이벤트가 열렸다. 우리 가족이 머무는 동안에는 저녁마다 마술쇼가 펼쳐졌다. 멋지게 차려입은 마술사 아저씨의 놀라운 솜씨에 사람들은 열광했다. 조명을 받아 빛나는 마술무대는 또 다른 매력이었다. 덕분에 즐거운 저녁 시간을 보낼 수 있었다.

리조트 내에서의 이동은 버기를 이용한다. 룸에서 연락을 하면 언제든 버기가 달려온다. 리조트 외부로의 이동이나 외부에서 리조트로의 진입도 버기를 이용한다. 룸에 둥지를 튼 우리 가족은 버기를 불러 밖으로 나가 보았다. 적당히 덜컹대는 버기를 아들은 매우 좋아했다. 마치 테마파크에서 놀이기구 타는 것 같다며, 더 오래 타고싶어 했다.

리조트 직원들은 무척이나 친절했다. 체크인 때 버기를 태워준 아저씨도 그랬고, 레스토랑 직원들이며 프런트 데스크 직원들 모두 하나같이 큰 미소로 우리 가족을 맞아주었다. 특히 컨시어지 데스크의 담당자와는 오래 이야길 나눌 수 있었다. 주변 레스토랑을 추천받으러 갔다가 대화가 시작된 것이다. 필리핀계 호주인 컨시어지는 태권도를 수년간 수련했고, 아들이 교환학생으로 한국에 다녀왔다며 친근감을 보였다. 컨시어지는 격투기 애호가이기도 했다. 특히 코리안 좀비 정찬성 선수의 팬이란다. 유튜브를 통해 수차례에 걸쳐 정선수의 경기를 보고 또 보고 했다며 칭찬을 아끼지 않았다. 아빠도 정찬성 선수의 팬이어서 둘이서 한참 동안 격투기 이야기로 꽃을 피웠다. 그리고 필리핀 사람들이 영어를 강점으로 호주 내 호텔, 리조트 업계에 많이 종사하고 있다는 이야기도 아끼지 않았다.

아직도 기억에 생생한 이 리조트의 또 하나의 매력은 정갈하게 차려진 조식 뷔페다. 〈코브 카페〉에서의 아침 식사는 지금까지 우리 가족이 경험한 조식 가운데 최고라 해도 지나치지 않을 맛과 분위기 그리고 서비스를 자랑했다. 우리 가족 모두 매우 만족했던 아침 식사다.

2. 너무도 평온한 동네 한 바퀴

리조트에서 버기를 타고 내려간 생츄어리 코브 동네는 조용하고 깔끔한 거리가 인상적이었다. 너무도 평화로워서 오히려 생기가 부족하게 느껴지기까지 했다. 자극적인 것이라고는 너무도 파래서 눈이 아플 것 같은 하늘과 이와 극적인 대비를 이루는 새하얀 뭉게구름 그리고 새하얀 요트들의 모습이었다. 망막을 자극하는 강력한 대비감이었다. 멋진 요트들의 자태가 VR 영상처럼 툭툭 튀어나오듯 다가왔다.

아들은 조용한 거리의 상점들을 보자, 조금 시무룩해졌다. 서울이나 시드니에서 경험하지 못한 고즈넉한 분위기가 어색했나 보다. 쿠키 숍도 있고 고급스러워 보이는 조각과 회화작품을 판매하는 숍도 있다. 아들 눈에 기념품 가게가 띄었다. 갑자기 힘을 내더니 엄마, 아빠 손을 잡아끌고 들어갔다. 숍은 로컬 아티스트들이 만들었다는 앙증맞은 액세서리를 팔고 있었다. 장난감으로 착각했다가 어른용 장신구임을 알게 되자 아들은 이내 나가자고 했다.

요트들이 정박해 있는 마리나 부근에 작은 스시롤 레스토랑이 있었다. 점심 때가 되어 배가 출출해진 우리 가족은 고민할 것 없이 자리를 잡고 몇 가지 메뉴를 주문해 맛있게 먹었다. 식사 후 밖으로 나오니 현지 아이들 몇 명이 작은 놀이터에서 놀고 있었고 우리나라 공원에도 설치된 고정형 운동기구들이 있었다. 아들은 쉬엄쉬엄 노닐면서 낯선 곳에서의 하루를 보냈다.

제6장
나무가 속닥거리는 체스우드에서

1. 진한 피톤치드 향이 가득, 뷰챔프 공원의 해먼드 놀이터

시드니의 번잡함을 피해 근교의 조용한 도시를 찾다가 알게 된 체스우드. 시드니 북쪽 끝에서 9㎞ 정도 떨어진, 총인구 3만 명 정도의 작은 도시다. 이곳은 마치 호주 속 아시아 같다. 전체 인구 중 한국인이 10%, 중국인이 30% 정도를 차지한다. 때문인지 거리엔 영어와 병기된 한국어 간판과 중국어 간판이 흔하게 눈에 띈다.

우리 가족 두 번째 한 달 살기 둥지로 체스우드를 선택한 건 조용하고 안전한 타운인 점과 아울러 동네에 뷰챔프 공원(Beau Champ Park)과 해먼드 놀이터(Hammond playground)가 있기 때문이었다. 뷰챔프는 체스우드의 주택가에 위치한 14,000여 평 크기의 공원이고 그 안에 해먼드 놀이터가 있다. 공원 안에는 엄청난 녹지

대가 형성되어 있고 너르고 너른 잔디밭에서 다양한 운동이 가능하다. 숲으로 우거진 오솔길을 따라 달링 스트리트 쪽으로 걸어가면 해먼드 놀이터가 눈에 들어온다. 숙소에서 공원까지는 도보로 20분 정도 걸리는 거리. 좀 먼 편이기도 하지만, 아들은 하루는 시드니 텀블롱 놀이터에서, 또 하루는 해먼드 놀이터에서 놀았다.

해먼드 놀이터는 사우스포트의 브로드워터 파크랜드나 브리즈번의 사우스뱅크 파크랜드 같은 세련되고 감각적인 놀이터는 아니다. 다소 낡고 오래된 시설들이다. 그리고 놀이기구가 많지는 않다. 하지만 숲속에서 자연과 조화를 이룬 소박한 놀이기구들이 오히려 재미있어 보였다. 아들이 관심을 보인 것은 소형 집라인이다. 아직은 살짝 무서워해 아빠가 다리를 잡아주고서야 몇 번을 왔다 갔다 했다. 그래도 팔 힘은 좀 늘었는지, 손잡이를 놓치지 않고 대롱대롱 잘도 매달렸다. 놀이터 한쪽의 작은 모래밭에는 퍼즐식 화석 모형이 있다. 아들은 골똘히 집중하며 퍼즐을 맞추느라 긴 시간을 보냈다. 숲속 벤치 부근에는 귀여운 동물 모양 조형물들이 아이들을 반겨준다.

피톤치드 향이 가득한 숲속 해먼드 놀이터.

모래밭의 화석모형을 찾아보는 쥬니.

해먼드 놀이터가 좋았던 것은 나무 숲에서 강력하게 뿜어져 나오는 피톤치드 향이다. 알싸하면서도 진한 향이 늘 코를 기분 좋게 자극했다. 오랜 시간 있으면 있을수록 머리가 맑아지는 느낌! 주택가 한복판에 이런 곳이 있다니. 그저 놀라울 뿐이었다. 한국에서

글을 쓰는 지금 이 시간에도 공원에서 풍기던 그 진한 나무 냄새가 코끝에서 맴도는 것 같다.

2. 시민의 휴식처, 더 콘코스

더 콘코스(The Concourse)는 체스우드 문화의 전당이다. 규모는 그리 크지 않지만 체스우드 도서관과 퍼포밍 아트 센터가 자리해 있고 그 앞마당에는 사람들이 쉴 수 있는 잔디밭이 펼쳐져 있다. 건물 맞은편에는 카페와 레스토랑들이 있다.

아트 센터에서는 무용, 연극, 오케스트라 연주회와 독주회 등 다양한 공연들이 열리거나 열릴 예정이었다. 작은 규모의 공연장이지만, 알차게 프로그램을 운영하는 것 같아 관심이 갔다. 하지만 앞마당에서 노는 데만 열중한 아들 덕분에 프로그램만 겨우 확인하는 데 그쳐야 했다. 마당에서 놀다가 누워서 쉬거나 하면서 햇살 아래 게으른 시간을 보냈다. 아들뿐만 아니라 동네 아이들도 서로 쫓고 쫓으며 신나게 놀고 있었다. 아들이 아이스크림 숍에 내걸린 광고판을 보더니 아이스크림 하나를 먹고 싶다고 졸랐다. 아빠는 아들이 원하는 초콜릿 아이스크림을 계산해 아들 손에 쥐여 주었다. 온 얼굴에 초콜릿 범벅을 하며 아들은 맛있게 먹어 치웠다. 만족감 가득한 아들의 미소 위로 찬란한 햇살이 부서지고 있었다.

3. 한국을 닮은 체스우드 메트로 역과 그 주변

체스우드 숙소에서 기차역까지 도보로 5분 정도 소요된다. 시드니를 가기 위해 거의 하루 걸러 한 번씩 방문한 곳이다. 역 주변엔 먹을거리를 파는 가게들로 즐비하다. 시드니로 출퇴근하는 사람들을 위한 간편식 중심의 숍들이다. 어딘지 한국 같은 풍광이 반갑기도 했다. 커피숍은 기본이고 맥도널드, 스시롤, 샌드위치, 버블티, 덮밥집, 베트남 국수, 태국 음식점 등이 촘촘히 이어져 있다. 그리고 기차역사 연결동에는 울월스 슈퍼마켓이 울월스 메트로란 이름으로 자리해 있다. 호주에서 신기했던 것은 기차나 전철역 근처에 슈퍼마켓이 있다는 점이다. 여기 체스우드 기차역도 예외는 아니었다. 직장인들이 퇴근하면서 간편하게 장을 보라는 취지인 것 같다. 퇴근 시간 무렵이면 깔끔하게 차려입은 직장인들로 늘 울월스 매장이 붐볐다.

역을 뒤로하고 건너편 계단을 몇 개 오르면 본격적으로 체스우드 비즈니스 디스트릭트가 시작된다. 너른 인도 양쪽으로 수많은 가게가 빅토리아 애비뉴를 따라 쭉 들어서 있다. 브리즈번 시내와 매우 닮은 모습이고 서울의 종로 거리가 연상되는 곳이다.

이 길을 우리 가족은 무수히 걸었다. 아들과 뷰챔프 공원과 해먼드 놀이터를 오가기 위해서였다. 놀라운 것은 워낙 공기가 좋다

보니 이렇게 많은 사람으로 북적이는 곳인데도 목이 아프거나 기침이 나지 않았다는 점이다.

Part IV

직접 먹고 느껴본
호주의 맛집

해외 한 달 살기에 있어 난제 중의 하나는 아마도 음식일 것이다. 식재료와 입맛이 다른 곳에서 건강한 일상의 기본이 되는 매끼 식사는 쉽게 해결하기 어려운 문제일 수 있다. 다행히도 우리 가족은 이 것저것 잘 먹는 먹성이 좋은 체질들이다. 게다가 호주는 동서양의 음식문화가 고루 발달한 곳이어서 곳곳에 한국식당을 포함한 동양식 음식점이 즐비했고 호주 현지 마트와 한국 마트에서 신선한 식재료를 구하는 데 큰 어려움이 없었다.

기본적으로는 엄마표 집밥을 우선으로 했다. 그리고 그날그날 상황에 맞춰 맛집을 찾아 적당히 외식을 하면서 한 달 살기를 건강하게 진행할 수 있었다. 여기서는 우리 가족이 방문했던 음식점 중 다시 가고 싶은 곳들을 소개한다. 우리 가족에게 행복한 식사 시간을 만들어 주었던 맛집들에 대한 기억이 새롭다.

제1장
호주 외식의 장점은?

1. 노 팁 문화

호주에는 식당에서 서비스 제공자에게 지불하는 팁 문화가 없다. 특별한 경우(특정 인원수 이상의 파티 등)에는 팁을 줄 때도 있지만, 거의 의무적으로 지불해야 하는 팁 문화가 없는 것은 큰 매력이다. 사실 미국이나 캐나다에선 외식할 때, 패스트푸드점을 제외하곤 얼마의 팁을 주어야 할지 고민스러울 때가 많다. 경제적으로도 심리적으로도 매우 부담스러운 것이 팁이다. 하지만 호주에선 팁으로부터 자유로우니 여러모로 편하다. 하지만 일부 레스토랑 중에는 주말이나 공휴일에는 10~20% 정도의 가산금이 붙기도 하니 주의를 요한다.

2. 아시아 메뉴의 다양성

　호주는 지리적으로 아시아에 가까워서인지 미국과 캐나다에 비해 훨씬 다양한 종류의 아시안 음식점들이 있다. 한국, 일본, 태국, 베트남, 필리핀, 홍콩, 네팔, 캄보디아 등 여러 국가의 음식점이 시내 곳곳에 있다. 그중 일본식 스시롤은 완전 대세! 정말 깜짝 놀랄 만큼 흔하게 눈에 띄는 게 스시롤이다. 대부분 테이크아웃을 주로 하는 작은 가게들이다. 한국인이 운영하는 가게도 다수여서 인상적이었다.

　시내 다운타운 스시롤 가게에 호주 직장인들이 줄을 서서 아침 식사로 스시와 커피를 사 먹는 모습은 이질적이면서도 흥미로웠다. 브리즈번의 트랜짓 센터에도 성업 중인 가게가 있었으니 스시롤은 거의 현지화된 음식 같았다. 우리 가족의 퀵 바이트(quick bite) 역시 스시롤이었고, 공원 나들이 가는 길에 혹은 놀이를 마치고 숙소로 돌아가는 길에 몇 개를 구입해 허기를 면하곤 했다. 커피, 샌드위치, 빵 등을 판매하는 한국식 카페도 가끔 눈에 띄었다.

3. 엄청나게 많은 동양인 직원들

레스토랑이나 패스트푸드점의 접객 직원들이 동양인일 경우가 아주 다반사다. 어떤 면에서는 좀 편안한 느낌을 주기도 한다. 가끔씩 상대가 한국인이 분명해 보이는 데도 영어를 사용하는 것이 왠지 어색하게 느껴지기는 했지만.

제2장
시드니의 맛집은?

1. 헤이마켓 호텔(Haymarket Hotel)

먼저 호텔이라는 타이틀에 신경 쓰지 마시길. 이곳은 이름과는 달리 매우 대중적인 펍이자 스포츠 바이면서 식사용 음식을 파는 음식점이다. 무엇보다도 가격대비 기본 이상을 하는, 기대 이상의 괜찮은 음식이 이곳의 자랑이다. 14불(환율 850원 기준, 한화 약 11,900원)이라는 좋은 가격에 맥주나 음료를 포함해 세 가지 스페셜 메뉴 중 하나를 선택할 수 있었던 가성비 최고의 식당이기도 하다(주중 14불, 주말 16불). 우리 가족은 메뉴 세 가지를 모두 주문했다. 소 엉덩잇살 럼프 스테이크, 닭가슴살 쉬니젤, 생선가스와 진배없는 프라이드 피쉬, 모두 질과 양에서 가격 대비 매우 흡족한 식사를 했던 기억이다. 메뉴엔 가든 샐러드, 프렌치프라이가 포함되고 여기에 괜찮은 맛의 맥주와 음료까지 먹을 수 있으니 빠듯한 예산의 여행객에겐 반가운 곳이다. 몇 종류의 소스가 있는데, 우리 가족 입맛엔 버섯 소스가 가장 좋았다. 오래 전 은행으로 사용되던 건물을 개조한 곳으로 높은 천장과 대리석 인테리어가 특징. 주문은 패스트푸드점처럼 카운터에서 직접 하고 음식도 직접 손님이 카운터에서 받아와야 하니, 일반 레스토랑처럼 의자에 앉아 종업원을 기다렸다가는 낭패를 볼 수 있다. 위치는 차이나타운에서 가깝고 또 아이들이 좋아하는 파워하우스 뮤지엄도 근거리이니, 이곳을 방문할 때 코스에 넣으면 좋을 듯하다. 우리 가족도 파워하우스 뮤지엄에서 한참을 놀다가 숙소로 돌아가는 길에 발견하곤 맛있게 먹었다. 이후 또 생각나서 몇 차례 더 들른 바 있다. 호주에서 돌아온 후에도 종종 생각나는 곳.

도로에 세워진 메뉴 알림판.

맛있게 먹어 치웠던 세 가지 음식들.

2. 페퍼 런치(Pepper Lunch)

 시드니와 브리즈번 시내 곳곳에서 만날 수 있는 깔끔한 체인형 일본식 간이 철판구이집. 1인분씩 달궈진 철판접시에 고기와 밥 그리고 미소 장국이 함께 나오는 맛집이다. 금액대는 단독메뉴(A la Carte)로 선택 시 클래식 비프와 치킨 페퍼 라이스가 9.90불에서 시작하고 대부분 17불 내외다. 여기에 계란 후라이, 치즈, 버섯을 추가하면 각각 1.50불씩 더해지고 김치는 2불이다. 거의 모든 단독 메뉴는 음료, 샐러드, 칩, 미소 장국을 추가해 식사 만들기(Make it a Meal)로 주문할 수 있고 이 경우, 보통 22불선이 된다. 우리 가족 은 주로 단독 메뉴로 3가지 정도를 주문하곤 했다. 뜨거운 불판이 살짝 부담스럽긴 하지만, 불판 위에 고기와 밥이 지글지글 익어가 는 소리와 피어오르는 뜨거운 김, 그리고 짭조름한 냄새는 집밥 같 은 친근감으로 다가왔다. 짠맛을 줄이고 싶다면, 주문할 때 소이 소스(간장)를 반만 넣어달라고 하면 된다. 그리고 꿀팁 하나! 여기 는 마일리지 카드가 있다. 다른 도시는 모르겠지만, 시드니의 페퍼 런치에는 마일리지 카드가 있어 주문한 메뉴의 수만큼 스탬프를 찍어준다. 역시 일정 수 이상 모으면 무료 음식을 제공하니, 장기 여행자분들은 꼭 잊지 말고 활용하시길! 그리고 직장인들의 점심 시간인 정오경에 방문하면 오래 기다려야 할 수도 있다.

3. 대장금(Dae Jang Geum)

시드니 차이나타운 인근의 한국 식당이다. 세련되고 깔끔한 느낌은 아니지만, 시드니에서 몇 차례 방문했던 곳이다. 우리 가족은 갈비탕, 제육복음, 불고기, 김치찌개 등을 주로 주문했다. 모두 맛있게 잘 먹었던 기억이다. 제육복음은 해외에서 먹어본 것 중 순위에 들 만큼 입맛에 잘 맞았다. 또한 서빙하는 직원들이 매우 친절했던 점도 인상 깊다.

4. 단지(Dangee Korean BBQ Restaurant)

시드니의 한식 레스토랑. 메리톤 스윗츠 켄트 스트리트 뒤편에 위치해 있다. 분위기 있는 인테리어와 다소 어둡게 세팅된 조명이 운치를 자아낸다. 메뉴는 소고기 BBQ, 돼지 불고기에서 오삼불고기, 제육복음, 갈비탕, 알탕, 해물 순두부, 김치찌개에 이르기까지 매우 폭넓다. 생선회도 제공한다. 깔끔하게 한 끼 잘 먹었던 곳. 비즈니스 접대하는 직장인들이 많아 보였다.

제3장
브리즈번의 맛집은?

1. 마루(Maru)

호주에서 가본 한식당 중 가장 규모가 크고 가장 붐볐던 곳. 엘리자베스 스트리트에 위치해 있고 점심시간 대인 정오 즈음에 가면 오래 기다려야 했다. 기본적인 한국식 식사에 더해 소고기와 돼지고기 구이류가 있고 짜장면, 짬뽕과 더불어 양념치킨, 도시락, 돈가스, 컵밥, 순대, 떡볶이 등 분식류에 이르기까지, 거의 모든 스타일의 '한국' 음식들이 이곳에 집결해 있다. 우리 가족은 몇 번 가보았는데, 한번은 문 앞에 10여 미터 이상 늘어선 긴 대기자들을 보고 발걸음을 옮긴 적도 있다.

제4장
서퍼스 파라다이스의 맛집은?

1. 허리케인스 그릴 & 바(Hurricane's Grill & Bar)

서퍼스 파라다이스에서 유명세를 타고 있는 레스토랑. 서퍼스 파라다이스의 핵심 명소인 바닷가 쪽 에스플라네이드 거리에 위치해 있다. 바비큐 폭립이 가장 인기 있는 메뉴이고 이외에 스테이크 및 다양한 해산물 요리를 제공한다. 매우 넓은 장소이나 식사 시간대에 사람이 몰려 오래 기다릴 수 있다. 우리 가족은 복잡한 시간대를 피해 오후 5시경에 방문하니 기다림 없이 서비스를 받을 수 있었다. 먹어본 메뉴는 역시나 폭 립. 커다란 립이 놀라움을 자아내고 달콤짭쪼름한 소스에 잘 버무려진 갈빗살이 지친 입맛을 달래기에 충분했다.

2. 바피아노(Vapiano)

　한쪽 벽면에 여러 명의 쉐프가 쭉 서서 손님들과 마주 보며 주문대로 요리를 해주는 특이한 스타일의 레스토랑이다. 쉐프들이 바삐 손을 놀려 주문한 음식을 눈앞에서 요리해주는 것이 재미있고도 신선하다. 주 메뉴는 피자와 파스타류. 인기 있는 곳인지 사람들로 붐볐다. 쉐프들 앞에 작은 허브 화분이 있는데, 파스타에 들어갈 바질을 직접 화분에서 따서 음식 위에 뿌려주는 것이 재미있었다. 허브들은 모두 레스토랑에서 직접 재배하는 유기농이라 한다. 음식은 좀 짠맛이 강한 편. 바피아노가 있는 건물 앞 작은 공간에서 동물모형 전동차 타기가 진행된다. 그 때문인지 아이들과 함께 온 가족 손님들이 많은 편이었다.

제5장
사우스포트의 맛집은?

1. 이자카야 수미(Sumi)

메리톤 스윗츠 사우스포트 1층 연결동 상가에 있는 오픈 에어 형식의 이자카야다. 한국인이 운영하고 한국인 직원들이 서빙하는 깔끔한 맛집이다. 이자카야인 만큼 저녁 시간에는 간단한 요깃거리와 더불어 주류 위주의 메뉴를 판매하고 점심에는 식사 메뉴를 제공한다. 가라아게 정식, 돈가스 정식과 덮밥 등의 메뉴가 중심. 맛은 평균 이상이다. 조용한 타운을 배경으로 야외 테이블에서 부드러운 바람을 맞으며 식사하는 기분이 아주 좋다. 테이크 아웃도 가능해 반찬이 떨어져 식사 준비가 어정쩡하거나 가끔 아들이 튀김류가 먹고 싶다고 할 때 편하게 이용할 수 있었다. 특히 메리톤 숙소에서 엘리베이터를 타고 지하 주차장으로 내려와 다시 이동형 에스컬레이터를 타면 아주 쉽게 접근할 수 있어 편리했다. 이곳도 한국으로 돌아온 후에도 종종 생각나는 레스토랑이다. 다시 호주에 갈 기회가 생긴다면 꼭 다시 가고 싶은 곳!

2. 레몬그라스(Lemon Grass)

이곳도 메리톤 스윗츠 사우스포트의 1층 연결동에 있는 식당이다. 작지만 깔끔한 실내가 인상적인 곳이다. 첫 번째와 두 번째 한 달 살기 때는 늘 장 보러 가는 길에 지나다니기만 하다가 세 번째 한 달 살기 때 처음으로 가서 먹어보니 꽤 괜찮은 곳이었다. 여기서 먹은 팟 타이(Pat Thai)는 최고의 맛이었다. 맛뿐만 아니라 양도 아주 푸짐해서 우리 가족이 먹다가 남기기도 했다. 다시 가고 싶은 곳 중 하나.

3. 소공동 순두부(Sogongdong Tofu House)

사우스포트 비즈니스 디스트릭트에 있는 맛집. 해물 순두부, 알탕 순두부, 소고기 순두부 등 각종 순두부찌개에 돌솥밥이 함께 나와 뭔가 잘 먹는다는 느낌을 주는 곳이다. 순두부 맛이 꽤 좋았던 것으로 기억된다. 돼지 불고기, 소고기 불고기, 치킨 데리야키 등 요리가 함께 나오는 정식도 있다. 가격은 일반 순두부가 16불 정도였고 정식이 최소 20불 정도였던 것으로 기억된다. 브로드워터 파크랜드에서 저녁 때까지 놀고 나서, 출출해진 배를 채우러 방문했던 곳.

4. 모토 모토 재패니즈 키친(Motto Motto Japanese Kitchen)

골드 코스트의 퍼시픽 페어 쇼핑센터에 위치한 세련된 일본식 식당. 주문하러 대기줄에 서 있을 때, 옆에서 메뉴판을 보러 온 일본인 관광객들이 아, 여기 모토 모토가 있다니, 살았다! 하면서 탄성을 지르던 곳. 라이스 볼, 샐러드 볼, 누들, 호주화 된 서브웨이 스타일의 바게트 샌드위치가 주된 메뉴들이다. 무엇보다 운치 있는 흰색 도자기 그릇에 흰쌀밥이 담겨져 나오고 그 위에 고명이 예쁘게 올려져 있는 것이 시각적으로 큰 즐거움을 준다. 고명의 종류는 데리야키 치킨, 와규 비프, 장어, 카레 등이 있다. 가격대는 14불에서 18불선.

5. 더 피쉬 샥(The Fish Shak)

이곳은 브로드워터 파크랜드의 중간쯤에 위치한 피쉬앤칩스 스타일의 음식점이다. 주 메뉴는 생선 튀김, 버거, 샐러드 등이며 생굴도 팔고 있다. 깨끗하고 시원한 분위기의 인테리어가 돋보인다. 엄청나게 넓은 파크랜드에서 놀다 지쳤을 때 급하게 요기하기에 매우 유용했던 곳. 튀김 맛이 거기서 거기겠지만, 가끔씩 그 개방감 있는 분위기가 생각나는 곳이다.

튀김이지만 깔끔하고 개운한 맛이 좋았다.

6. 재스민 룸(Jasmin Room)

메리톤 스윗츠 상가 건물동 2층에 있는 고급 중식당이다. 아주 깔끔한 분위기와 멋스러운 테이블 세팅이 돋보이는 곳. 식당 한쪽 큰 수족관에는 다양한 물고기들이 있는데, 중국인들은 여기서 직접 골라 주문을 넣고 있었다. 우리 가족은 볶음밥과 면류에 야채 볶음을 주문했다. 다른 중국 식당에 비해 심심한 맛이 오히려 풍미를 자극했다. 친절한 직원들의 서빙 속에 기분 좋게 한 끼 식사를 마쳤던 곳으로 기억된다. 가격은 좀 비싼 편.

제6장
생츄어리 코브의 맛집은?

1. 조지스 패러곤(George's Paragon)

생츄어리 코브의 해산물 레스토랑. 정장을 차려입은 직원들의 세심한 서빙이 돋보이고 화려하며 근사한 실내 인테리어가 멋진 곳이다. 브리즈번, 쿨랑가타, 마운틴 탐보린에도 지점이 있다. 메뉴 종류가 다양해서 처음 가면 뭘 주문해야 할지 어리둥절해진다. 찬찬히 보면 익숙한 파스타, 스테이크 요리도 있고 아이들을 위한 메뉴도 있다. 우리 가족은 아들이 좋아하는 깔라마리 튀김에 해산물 파스타와 스테이크를 주문했다. 마리나 바로 앞이고 분위기가 좋아서 나름 기분을 내며 저녁 식사를 즐겼던 곳이다.

2. 드래곤 코브(Dragon Cove)

MSG를 넣지 않고 요리한다는 생츄어리 코브의 고급 중식당이다. 인터컨티넨탈 리조트엔 주방이 없어 점심으로 무엇을 먹을까 하고 이리저리 돌아다니다가 찾은 곳이다. 페킹 덕을 중심으로 다양한 메뉴를 갖추고 있다. 시원한 통유리창으로 둘러싸여 있어 개방감이 좋다. 마리나에 정박한 요트들의 모습이 눈에 들어온다. 게살이 들어간 옥수수 수프에 볶음밥과 블랙 빈 비프 등을 먹었는데 음식 맛은 심심한 듯 깊이 있었다.

3. 코브 카페(Cove Cafe)

요즘 말로 '인생 뷔페'를 만난 곳이 인터컨티넨탈 생츄어리 코브 리조트의 뷔페 레스토랑이다. 앞서도 언급했지만, 참으로 정갈하고 고급스러우면서 맛깔스러운 음식들이 이곳에서 제공되었다. 쉐프들과 서빙 직원들 모두 친절하기 그지없었다. 늘 얼굴에 미소를 품고 손님들을 맞이했다. 리조트 숙박비에 가족 3인의 조식이 포함되어 있었다. 한 번 먹어보고는 어서 빨리 다음 날 아침이 왔으면 하고 기대했던 곳.

Part V

호주 한 달 살기
엑스트라 정보

1. 우리 가족 호주 한 달 살기 필수품 소개

호주 한 달 살기는 안온한 한국의 집을 떠나 낯선 곳에서 이어가는 일상의 삶이다. 하루하루 틀을 지키고 일상의 평온을 유지하기 위해선 몇 가지 준비물이 필요하다. 한국의 집에서 사용하던 익숙한 용품들을 최대한 챙겨가야 낯선 곳, 낯선 환경, 낯선 숙소에서도 우리 가족 생활의 '틀'을 유지할 수 있다. 호주 한 달 살기 때마다 가지고 다닌 우리 가족 필수품 중 대표적인 것 몇 가지를 소개한다.

① **압력밥솥**: 밥솥이지만 호주에선 사실 밥 짓는 용도보다 고기를 삶는 용도로 더 자주 사용했다. 우리 가족은 수육을 즐기기 때문이다. 캐리어에 넣을 때는 우선 뚜껑을 열고 그 안에 깨지기 쉬운 물품들을 채워 넣고 주변을 양말이나 셔츠 등으로 감싸주면 부피도 줄이면서 안전하게 챙겨갈 수 있다. 찜을 위한 삼발이도 함께 가지고 다녔다.

② **프라이팬**: 주방이 딸린 메리톤 같은 숙소에는 프라이팬도 준비되어 있다. 하지만, 여러 사람이 사용하던 것이어서 코팅이 심하게 벗겨진 경우가 다반사였다. 물론 프런트에 요청하면 새 프라이팬을 가져다주지만, 우리 가족은 집에서 사용하던 팬을 잘 포장해서 가지고 다녔다.

③ **스테인리스 반찬통**: 무겁고 파손 위험이 있는 유리제품 대신

가볍고 튼튼하고 얇은 스테인리스 반찬통을 사이즈별로 한두 개씩 5개 정도 가지고 다녔다. 다이소에서 구입한 저렴한 통들이 매우 유용하게 쓰였다.

④ 도시락: 도시락을 싸서 외출할 때 꼭 필요하다.

⑤ 수저 세트: 메리톤 같은 숙소에는 포크, 나이프 등이 비치되어 있으나, 집에서 쓰던 수저 세트가 있어야 마음이 편하다.

⑥ 일회용 장갑/크린백/수세미/행주/주방용 세제 소분한 것/고무장갑: 메리톤에는 주방세제, 수세미, 주방용 타월 등이 비치되어 있다. 하지만 역시 집에서 사용하던 것을 가지고 다니니 마음이 편했다.

⑦ 과일용 칼: 역시 집에서 쓰던 것을 챙겨서 다녔다.

⑧ 보온병, 쿨링 백: 매일 외출해야 하므로 쿨링 백과 보온병은 필수.

⑨ 해열제, 비상약 일체: 우선 어린 아들이 있으니 아들에게 맞는 해열제는 필수이고 비상약 챙기는 것은 기본.

⑩ 매실청: 집에서 담은 매실청을 소분해서 작은 페트병에 옮겨 지참한다. 출국 전에 냉동실에서 최대한 얼리고 이동 시엔 아이스팩으로 감싸주었다. 가끔씩 속이 좋지 않을 땐 역시나 매실청이 최고였다.

⑪ 생수: 현지에 도착해서 급하게 필요한 마실 물로 2ℓ 용량으로 2병 정도 캐리어에 넣어 지참했다.

⑫ 과자: 현지 과자들은 우리 가족 입맛에 단맛이 강한 편이어서

아들이 한동안 먹을 수 있는 한국 과자들을 챙기는 것은 필수.

⑬ 누룽지: 일종의 비상식량이다. 외출해서 지친 상태로 돌아왔을 때 혹은 한국의 구수한 맛이 생각날 때 필수품.

⑭ 돗자리: 공원에 놀러 나갈 때 필요할 듯싶어 가지고 갔으나 실제 자주 사용하지는 않았다.

⑮ 아들 읽을 책: 아들이 좋아하는 책 대여섯 권은 늘 챙겨서 다녔다. 놀고 들어오면 꼭 책을 읽어야 직성이 풀리는 아들을 위해서.

⑯ 우산: 비 올 때를 대비해 첫 한 달 살기 때는 작은 우산을 지참했으나, 메리톤에는 대여용 우산이 늘 비치되어 있어 다음부터는 가지고 다니지 않았다.

2. 호주에서 영양제 구입하기

호주에는 영양제 전문 판매점이 몇 군데 있다. 테리 화이트(Terry White), 프라이스라인(Priceline), 케미스트 웨어하우스(Chemist Warehouse)가 그것이다. 취급하는 브랜드는 거의 대동소이하다. 호주의 대표적 영양제 브랜드 블랙모어스(Blackmore's)와 스윗스(Swisse)를 주축으로 바이오글란, 네이처스웨이 등 다양한 회사의 상품들이 판매되고 있다. 프라이스라인은 영양제에 더해 위생용품, 화장품, 건강용품 등이 꽤 큰 비중을 차지하고 있고 테리화이트와 케미스트 웨어하우스는 영양제에 좀 더 집중한 듯하다. 프라이스라인과 테리화이트는 조제약 서비스도 제공한다. 매장 분위기 또한 비슷한데, 다만 케미스트 웨어하우스는 웨어하우스(재고창고)라는 이름처럼 염가형 매장 이미지가 강하다. 이를 알리듯 매장 입구 곳곳에 디스카운트 숍이라는 광고가 다수 붙어 있다. 가격이 좀 더 저렴할 듯 보이지만, 실제 가격을 비교해 보니 다른 판매점과 거의 동일한 수준이었다. 이곳은 특히 중국인 관광객들에게 인기가 높은 듯했다. 중국인 단체 관광객이 몰려와 거의 싹쓸이 수준으로 사 가는 것을 보고 깜짝 놀라기도 했다. 실제 케미스트 웨어하우스 홈페이지는 중국어 버전도 있을 정도다.

프라이스라인의 어린이 영양제.

우리 가족도 이 세 군데에서 몇 가지 영양제를 구입했다. 여기서 가장 경제적으로 구입하는 방법을 소개하겠다. 우선 브랜드별 홈페이지에서 온라인으로 카탈로그를 확인해보자. 프라이스라인은 주 단위로 갱신되고 테리화이트와 케미스트 웨어하우스는 보통 20일 간격으로 새로운 광고지를 소개한다. 이렇게 살펴보면서 판매점별 할인 상품을 확인하고 가장 좋은 조건을 제시한 곳에서 구매하면 된다. 기본적인 비타민류, 오메가3, 관절통 약은 거의 항상 할인상품으로 제시되고 있으니 필요에 따라 구입하면 될 것이다. 아마도 귀국 선물로 가장 적당하지 않을까 싶다.

3. 호주에서 장난감과 생활용품 구입하기

호주의 케이마트는 미주 지역의 월마트와 유사한 매장이다. 아이들 장난감에서 옷, 신발, 컴퓨터 용품, 핸드폰 소품, 소형 가전제품, 침구류와 욕실용품 등 생활 곳곳에 필요한 물품들을 저렴한 가격에 판매한다. 대부분의 품목이 한국의 대형 마트에서 판매되는 유사 상품들보다 훨씬 저렴해 보였다. 특히 핸드폰과 컴퓨터 관련 용품들 가격은 참 매력적이었다. Canon사의 잉크젯 프린터가 세일가로 19불, 3인용 전기밥솥이 5불이었다. 이곳에서 엄마는 아들 초등학교 입학을 대비해 연필, 노트, 크레파스, 색연필 등을 아주 좋은 가격에 구입했고 아빠도 책상용 소형 디지털 알람 시계(2.5불)와 자동차용 스마트폰 거치대(5불)를 입수하고 즐거워했다.

케이마트에서 인형 탈을 쓰고 찰칵!

4. 호주에서 학용품 구입하기

　호주의 유·소아용 학용품 브랜드로 스미글(Smiggle)이 유명하다. 현지인은 물론 외국인들에게도 큰 인기를 모으고 있다. 매장을 지나갈 때마다 늘 사람들로 북적였다. 멜번에서 탄생한 이 브랜드는 화려한 색상, 독특한 패턴, 디자인, 그리고 실용성으로 관심을 끈다. 주로 유치원생과 초등생을 대상으로, 책가방, 필기구, 노트, 필통, 도시락과 가방, 물통, 손목시계, 알람시계, 파우치 등 형형색색의 상품들을 판매하고 있다.

우리 가족도 몇 차례 매장을 방문해 아들에게 필요한 그리고 앞으로 필요할 몇 가지, 즉 초등생용 책가방과 큼직하고 입체감 있는 필통을 구입했다. 매장에는 할인하는 이벤트 상품과 정상가 상품이 공존하니 눈썰미 있게 찾아보면 좋은 가격에 멋진 학용품을 장만할 수 있다. 스미글 홈페이지에 이메일을 등록하면 할인 쿠폰도 받을 수 있으니 꼭 활용해 보시길.

5. 호주에서 망고와 바나나 사 먹기

호주의 슈퍼마켓 과일 코너에서 유독 눈에 들어오는 것은 망고다. 우리 가족 모두 망고를 엄청나게 좋아하기 때문이다. 우리나라의 망고는 태국이나 필리핀산 일색인 데다 가격도 비싸서 구입이 꺼려진다. 그런데 호주에선 현지에서 자란 칼립소 망고(Calypso Mango)와 켄싱턴 망고(Kensington Mango)를 적당한 가격에 먹을 수 있어서 즐거웠다. 길쭉한 모양의 동남아산 망고에 비해 좀 더 둥글고 단단한 모양새를 하고 있다. 가격은 어른 주먹보다 좀 더 큰 사이즈가 개당 3.5불(2,975원 선) 정도 했다. 가끔 할인할 경우, 2.5불(2,125원 선)에도 구입할 수 있었다. 호주에 있는 동안 거의 매일 망고를 먹었던 기억이다. 지금도 호주 하면 떠오르는 추억의 하나가 그 싱그럽고 달콤했던 망고를 자주 먹었던 일이다. 한입 베어 물면 입안 가득 퍼지는 그 진한 향기. 한마디로 일품이다.

너무나도 맛있던 호주산 칼립소 망고.

호주의 바나나는 수입품이 아니다. 필리핀, 페루 등지의 수입산이 주를 이루는 우리나라와는 달리 호주에는 호주산 신토불이 바나나가 있다. 퀸즐랜드 주 북부 지역이 바나나의 주요 산지이기 때문이다. 호주 전역으로 보내지는 물량의 90% 이상이 이곳에서 생산된다고 한다. 한 달 살기 동안 적당하게 후숙된 맛깔스러운 바나나를 먹을 수 있음은 즐거운 일이었다.

한편 우리 가족이 호주에서 즐겨 구입했던 빵이 있다. 콜스와 울월스에서 각기 자신들의 PB상품으로 판매하는 바나나 브레드가 그것이다. 한 봉지에 다섯 조각의 바나나 브레드가 있는데 각각 개별 포장되어 있어 휴대하기 편하다. 특히 놀이터에서 놀 때 에너지 보충용으로 적격이었다. 실제 호주산 바나나로 만든 퓌레가 들어 있어 인공적인 맛이 덜한 것이 장점. 반면 우리 입맛에는 단맛이 강하게 느껴진다. 살짝 거슬리긴 하지만, 신나게 뛰어노는 아들과 그런 아들 쫓아다니느라 진력을 다한 엄마, 아빠가 먹기에 좋았던 기억이다. 이렇게 개별 포장된 브레드는 여러 종류의 맛이 있는데, 바나나와 초코칩, 블루베리와 코코넛, 당근과 호두, 그리고 글루텐 프리 바나나 브레드 등 다양하다. 당시 가격은 5불이었다.

6. 호주에서 견과류 사 먹기

　호주의 슈퍼마켓에는 매우 다양한 견과류가 판매되고 있었다. 건강식품으로서의 인식이 강한 것일까? 어느 마켓을 가든지 엄청난 양과 종류의 견과류가 진열대를 가득 메우고 있었다. 호두, 아몬드에 더해 브라질리언 너트, 캐슈너트, 피칸, 마카다미아, 헤이즐넛 등이 대량 팔리고 있었다. 그중 호두와 아몬드는 신토불이 호주산이다. 이들 제품에는 포장지 겉면에 'Grown in Australia' 로고가 찍혀 있다. 한 달 살기 동안 호주인처럼 호주산 호두와 아몬드를 즐겨 먹었다.

호주산 신토불이 깐 호두.

7. 호주에서 오렌지 주스 사 먹기

호주에서 우리 가족이 즐겨 마신 음료는 오렌지 주스다. 호주산 오렌지를 그대로 짜서 만들었다고 하는 Berri 100% Australian Grown 오렌지 주스를 즐겼다. 마트 음료 코너에 가면 이 주스가 가득하다. 보존제와 설탕이 일절 들어 있지 않다고 하는데, 한국에서 마시던 농축액 희석 주스와는 차원이 달랐다. 매우 진하고 향이 강하다. 이 브랜드에서는 애플 망고 혼합 주스, 애플 파인애플 혼합 주스, 여러 가지 과일이 다수 혼합된 브렉페스트 주스도 나오는데, 오렌지 주스 외에 애플 망고 혼합 주스도 우리 가족 인기 품목이었다.

8. 호주에서 청정 고기 사 먹기

호주 하면 떠오르는 대규모 초원! 그 위에서 한가로이 노니는 소와 양의 모습. 절로 그려지는 이런 모습은 호주의 전형적 이미지 중 하나가 아닐까? 넓은 땅에 목축업이 발달한 나라답게 호주의 슈퍼마켓에는 아주 신선한 고기들이 부위별로 판매되고 있다. 가격은 한우와는 비교도 되지 않을 정도로 저렴하다. 큼지막하게 포장된 소고기며 양고기는 보기만 해도 군침이 절로 돌았다. 소고기 중에서 특히 눈에 띄는 것이 목초지에서 방목하며 풀을 먹여 키웠다는 그래스 페드 소고기(Grass Fed Beef)다. 가격은 일반 소고기에 비해 꽤 높은 편이었는데 그 맛이 상당히 괜찮았다. 담백하고 깊이 있는 맛이 매우 인상적이었다. 울월스 슈퍼마켓에는 자체 유기농 브랜드 마르코(marco)로 출시된 호르몬 프리 소고기도 있다. 상당히 비싼 데다 원하는 부위는 매진일 경우가 많아서 아쉽게도 먹어보지는 못했다. 양고기는 앞서 언급한 스프링 램이 가장 좋다고 한다. 이 책을 읽는 독자분들, 혹시 9월에 호주에서 지내게 된다면 꼭 이 스프링 램을 드셔보시길. 진정한 머스트 트라이(must try)다. 양고기 특유의 냄새도 거의 없고 입안에 사르르 번지는 그 풍미는 잊을 수가 없다. 스프링 램은 그래스 페드 소고기보다 비쌌던 것 같다.

9. 호주에서 PP카드(Priority Pass) 사용하기

시드니 킹스포드 스미스 국제공항(Sydney Kingsford Smith International Airport)에서 PP카드를 사용할 수 있는 라운지는 PP카드 전용 라운지가 아니다. 공항 내 몇몇 레스토랑과 제휴해 PP카드로 음식을 주문하면 카드 소지자 1인당 주문한 금액에서 36불을 차감해 주는 식으로 이용하는 시스템이다. 1인당 주문액이 36불을 초과하면 초과된 차액을 지불해야 하고 36불 미만이라고 해서 차액을 현금화해서 돌려받지는 못한다.

우리 가족이 탑승한 터미널 1에는 마크 2(Mach 2), 치킨 컨피덴셜 (Chicken Confidential), 페로니 바(Peroni Bar), 베터 버거(Better Burger), 더 하우스(The House) 등이 PP카드로 이용할 수 있는 곳이었다. 메뉴는 사실 대동소이하다. 마크 2는 피자와 파스타, 치킨 컨피덴셜은 이름처럼 치킨 윙, 치킨 버거, 페로니 바는 피자, 파스타, 버거, 샐러드, 베터 버거는 고메 버거가 주된 메뉴다. 더 하우스는 20불의 추가 요금을 내야 하는 스테이크 하우스로 고급 레스토랑을 표방해 풀 웨이터 서비스를 제공한다.

우리 가족은 탑승 게이트에 가까운 마크 2에서 피자와 파스타를 먹었다. 기대 이상의 맛이었다. 오픈된 조리실에서 쉐프가 진지하게 요리하는 모습이 인상 깊었다. 그래서였을까? 아직도 기억에 남는 훌륭한 맛이었다. 식사를 마치고 나가면서 쉐프에게 "이렇게 맛있는 파스타는 처음이었다, 정말 고맙다." 하고 인사를 전했더니, 쉐프도 매우 기뻐하며 잘 먹어주어 고맙다며, 안전한 여행 하라며 인사를 건네주었다.

마크 2에 입장하려 기다리는 사람들.

브리즈번 국제공항의 경우, 면세지역에는 플라자 프리미엄 라운
지(Plaza Premium Lounge), 항공사 카운터 쪽에는 코레토 카페
앤 바(Corretto Cafe & Bar)가 있다. 코레토는 주문 금액당 36불
을 차감해주는 제휴사로 버거, 샐러드와 주류를 판매한다. 4층 출
국장에 있는 플라자 라운지는 PP카드가 적용되는 본격적 라운지
다. 핑거푸드, 국수, 샐러드, 디저트, 음료 등이 제공된다. 규모는
크지 않지만 깔끔하고 모던한 라운지로서 편하게 시간을 보낼 수
있었다. 샤워룸도 구비되어 있다.

나가는 말

열병이었다. 이 책을 쓰는 동안 호주 앓이가 심했다. 가슴이 타 듯 심했다. 그러니 열병이라 할 수밖에. 저 깨끗한 공기와 푸른 하 늘, 넓디넓은 공원과 출중한 놀이터가 가슴 속에서 그리고 눈앞에 서 우리 가족을 다시 오라고 손짓했다. 그 부름에 응하지 못하는 어쩔 수 없는 현실….

집과 연구실에서 번갈아 가며 글을 쓰는데, 때론 호주에 있는 것 같은 착각마저 들었다. 아들이 신명 나게 뛰어놀던 그곳. 우리 가족 세 사람이 늘 싱글벙글 즐겁고 행복하게 지냈던 곳들. 시드니, 사우 스포트, 브리즈번, 체스우드, 서퍼스 파라다이스, 생츄어리 코브 모 두 우리 가족의 마음속에 커다란 위안의 장소로 남아 있다.

그중 사우스포트는 언젠가 꼭 다시 가서 오랫동안 살아보고 싶은 곳이다. 독자 여러분에게 단 한 곳을 추천한다면, 두말할 나위 없이 사 우스포트다. 특히 어린 아이가 있으신 분들께 진심을 다해 추천한다.

꼭 한번 가보세요! 정말 훌륭합니다!